Krimhild Manecke

Ungesühnt!

Biografische Skizzen

Bibliografische Information der Deutschen Nationalbibliothek.
Die Deutsche Nationalbibliothek verzeichnet diese Publikation
in der Deutschen Nationalbibliografie, detaillierte Daten
sind im Internet über http://dnb.dnb.de abrufbar.

© 2017 Krimhild Manecke

Herstellung und Verlag: BoD -Books on Demand, Norderstedt

ISBN
Paperback: 978-3-7431-8086-4

Das Werk, einschließlich seiner Teile, ist urheberrechtlich geschützt. Jede Verwertung ist ohne Zustimmung des Verlages und des Autors unzulässig. Dies gilt insbesondere für die elektronische oder sonstige Vervielfältigung, Übersetzung, Verbreitung und öffentliche Zugänglichmachung.

Inhaltsverzeichnis

Ein Leben mit Angst..7

Mit Frohsinn in einen traurigen Urlaub.......................36

Leben und Tode...49

Abschied...73

Nacharbeit..84

Erkenntnisse...92

Ablenkung..98

Rückblende...107

Sitten und Unsitten..113

Naturliebe und Geschmackssache............................126

Katzengeschichten...134

Maienfelde..146

Atempause..153

Kirchenwillkür – Glockenkrieg..................................163

Unrecht im Recht...169

Schlaflos

Aus Träumen in Ängsten bin ich erwacht;
Was singt doch die Lerche so tief in der Nacht!

Der Tag ist gegangen, der Morgen ist fern,
Aufs Kissen hernieder scheinen die Stern'.

Und immer hör ich den Lerchengesang;
O Stimme des Tages, mein Herz ist bang.

Theodor Storm

Ein Leben mit Angst

Ich beginne dieses Buch im Juni 2012, in meinem 72. Lebensjahr. Jürgen, mein fast sechs Jahre älterer Mann, befindet sich in seinem 78. So haben wir, wie man so schön sagt, das letzte Viertel unseres Lebens erreicht.

Was wir nicht wissen: Ist es der Beginn oder das Ende des Lebensviertels? Wie jedes ältere Ehepaar (wir haben unsere Goldene Hochzeit schon seit Jahren hinter uns gelassen) beschäftigt uns natürlich die Frage, wie die Zukunft aussehen wird. Die Angst, dass einer von uns früher gehen muss und der andere zurückbleibt, besteht. Fast noch größer ist die Angst vor einem langen Leiden, vor der schlimmen Vergessenskrankheit, die Angst, jemandem zur Last zu fallen oder einen angemessenen Pflegeplatz nicht finanzieren zu können. Eine Patientenverfügung haben wir zwar unterschrieben, aber das beruhigt nicht wirklich.

Nach dem letzten schweren Schicksalsschlag haben wir uns vorgenommen, die uns noch verbleibende Zeit zu nutzen und sie so harmonisch wie möglich zu verbringen. So lange es geht, Theateraufführungen und Konzerte zu besuchen, nach Möglichkeit unsere Kinder, Enkel und unser Urenkelchen zu treffen und die wunderbare Natur zu genießen.

Angst gehört ja zum Leben dazu und ist als Warnfunktion auch außerordentlich wichtig. Aber in meinem Leben gab es viele Ursachen, dieses Gefühl übermächtig werden zu lassen. Als Kind wurde mir von meinen älteren Geschwistern oft eingeredet: Sei tapfer! Wehr dich! Beiß' die Zähne zusammen! Das hat bei mir gewirkt. In den Augen meiner ersten und besten Freundin galt ich als äußerst mutig und tapfer. Erst später habe ich gelernt, dass ich Tapferkeit mit Leichtsinn verwechselt hatte und musste bis dahin noch viel Lehrgeld bezahlen. Eigentlich war bei mir das Angstgefühl im Kindes- und Jugendalter sehr ausgeprägt.

Da ging es aber nicht so sehr um mich, sondern es war eher die Sorge um meine Mutter. Von der Flucht meiner Familie aus Ostpreußen im Frühsommer 1944 habe ich als Jüngste von vier Geschwistern (ich war damals keine vier Jahre alt) zum Glück nur sehr wenig mitbekommen. Unsere liebe Tante Hannchen brachte uns vier Kinder und ihre Mutter, unser Omchen, mit dem Zug von Ostpreußen nach Quedlinburg am Harz zu ihrem Bruder und ihrer Schwägerin, für uns Onkel Rudolf und Tante Marianne. Wie sie das Wunder vollbracht hatte, für uns in dem völlig überfüllten Wehrmachtszug ein Abteil zu ergattern, lag nicht nur an ihrer Diakonissenkleidung. Davon hat sie uns später erzählt, wenn sie zu einer „Blauen Stunde" zu sich eingeladen hatte. Dann las sie auch ihre vielen eigenen Gedichte vor, meist in ostpreußischem Platt, auch einige, die Flucht und Vertreibung zum Inhalt hatten.

Aus **Rückschau am Sylvester** 1946 einen Ausschnitt:

Fünf Johre ligge nu dazweschen.
An wat for Johr! – Se gefalle mie nich.
Bie Rückerinnerung deit man sich erwesche
dat dä Trone kullre, un man hellt se nich.
Man raubt ons alles, wat ons dier un lew,
als man dat Johr 45 schrew.
Nich bloß „Tu Hus", ock ons Heimatland
von de Grenz bis an dem Ostseestrand.
Eck micht mie miene Oge verdecke,
vor all dem Weh un Leid un Schrecke.
Do marschere onse Schwestern un Breder,
doch nich mehr mit frohe Siegesleder.
Se gone gebeckt, verängstigt, verdräwe.

> Noch nie hät dat soviel Trone gegäve.
> Mie micht dat odder binoh so schiene
> als kenne se garnich so recht mehr griene.
> Die Heimat un alles se mußte verlote,
> dä Männer em Feld oft all dot geschote.

Die nun folgende Zeit ohne unsere Eltern und auch danach mit ihnen habe ich in keiner guten Erinnerung. Es gab oft Unruhe und Streitigkeiten, was sicherlich unumgänglich ist, wenn fünf Personen zusätzlich in eine Wohnung einziehen und zurechtkommen müssen. Später konnte mein Vater, dem es gelungen war, mit einem der letzten Schiffe aus dem Kessel von Ostpreußen zu entkommen, die Situation etwas entschärfen, indem er für unsere Familie die zum Haus dazugehörige Werkstatt und das Stallgebäude wohnmäßig herrichtete. Wir lebten auf dem Dachboden, „Oppe Lucht", wie meine Eltern das auf ostpreußisch nannten. Wir Kinder schliefen hinter einer Brettertür, wie man sie häufig an Stallgebäuden findet. Es zog durch alle Ritzen. Ich erinnere mich noch besonders daran, dass im Winter der Urin im Nachttopf morgens oft gefroren war.

Die Beziehungen zu Onkel Rudolf und Tante Marianne wurden unterbrochen, als sie ihr Haus verließen und sich in der damaligen britischen Besatzungszone eine neue Existenz aufbauten. Nur durch Tante Hannchen erfuhren wir hin und wieder etwas von ihnen und ihren Kindern. Als sich durch die Wende für uns die Möglichkeit ergab, mit der westlichen Verwandtschaft in Kontakt zu treten, war eins meiner ersten Reiseziele Großburgwedel. Hier konnte ich Charlotte, meine älteste Cousine, mit ihrem Mann Hartmut besuchen, die ihre Mutter, unsere nun über neunzigjährige Tante Marianne, in ihrem Haus beherbergten und pflegten. Nie werde ich das Wiedersehen mit ihr vergessen und ihre Worte: „Krimhild, dass ich das nochmal erlebe, so fünf

Minuten vor zwölf!" Es folgten noch viele Besuche mit einer herzlichen Aufnahme bei ihnen.

Doch zurück zu meinen Angstgefühlen. Für mich hatte sich von einem zum anderen Tag alles verändert. Das niedliche, kleine Mädchen, umsorgt und behütet, das verwöhnte Nesthäkchen, kam plötzlich in eine Umgebung, in der es nicht mehr Mittelpunkt und den Großen manchmal im Wege war. Oft unverstanden stand ich in irgendeiner Ecke und weinte laut meinen Kummer hinaus, war bei den Geschwistern bald als Heulsuse abgestempelt.

Ich erinnere mich aber auch, wie ich von den Eltern meiner Freundinnen gesehen wurde: Ein bescheidenes, manchmal recht wildes Mädchen, das immer treu und zuverlässig bei ihnen klingelte. Mit meiner damals besten Freundin Lene stellten wir einmal fest: „Auf die anderen kann man sich nicht verlassen, aber wenn wir etwas versprechen, dann halten wir das auch." So wurde unsere Freundschaft besiegelt. Lene und später Hanne und ich, wir waren das unzertrennliche Kleeblatt.

Aber ich war eigentlich nicht nur bescheiden. In Wirklichkeit hatte ich große Minderwertigkeitskomplexe. Mit meinen schäbigen, abgetragenen Klamotten fühlte ich mich mit den anderen Kindern der Wohngegend nicht gleichwertig. Sie ließen mich spüren, dass ich ein Flüchtlingskind war und nicht so richtig zu ihnen gehörte. Doch durch meine sportliche Begeisterungsfähigkeit wurde ich aber auch schnell wieder anerkannt, denn bei Spielen, die eine hohe Einsatzbereitschaft erforderten, war ich gefragt, notfalls erkämpfte ich mir die Gleichberechtigung mit den Fäusten. Später, als ich älter wurde, kam noch das Schamgefühl hinzu. Ich ärgerte mich immer sehr, wenn ich vor Scham errötete. Mit zunehmenden Alter verschlimmerte sich dieses Gefühl und blieb eigentlich bis zum Erwachsenwerden erhalten. Erst viel später wurde ich selbstbewusster.

Ich war schon verheiratet und Mutter von zwei Söhnen, als sich für mich die Gelegenheit ergab, eine Stelle als Schulsekretärin anzunehmen, die ich nach einigen Jahren mit einer Stelle als Horterzieherin eintauschte, um ein 5jähriges Fernstudium aufzunehmen und den Abschluss als Erzieherin mit Lehrbefähigung zu erwerben. Dabei konnte ich durch die überwiegend sehr guten Erfolge Ansehen und Anerkennung gewinnen. Mein Mann war mir dabei eine große Hilfe und stärkte kontinuierlich mein Selbstvertrauen, indem er mich immer wieder aufmunterte und mir Mut machte. Auch später im Arbeitsprozess als Erzieherin und Lehrerin unterstützte er mich sehr, indem er meine Meinungen bestärkte und mir so half, zu einem angesehenen Mitglied des Kollegiums zu werden.

Wenn ich mich an meine Kindheit erinnere, habe ich in Gedanken meine Mutti vor Augen. Damals, nach der Flucht, begann ihre Krankheit schleichend. Ich sehe sie, wie sie schwankend über den unregelmäßig gepflasterten Hof wankt und in den meisten Fällen lang auf die harten Steine stürzt. Das löste bei mir regelmäßig ein großes Angstgeschrei aus. In dieser Situation, es stellte sich später heraus, dass meine Mutti an Multipler Sklerose (MS) litt, hatte meine älteste Schwester Grete die Haushaltsführung und so auch meine Erziehung übernommen, was für sie damals sicher eine viel zu große Anforderung war und für meine älteren Geschwister, die die Flucht aus der alten Heimat ganz bewusst miterlebt hatten, eine besondere Belastung. Es gab viel Streit unter uns Geschwistern, es wuchs aber auch ein enger Zusammenhalt heran.

Besonders mit Grete verband mich eine sehr enge Beziehung, die bis zum Ende anhielt. Als sie wegen ihrer Heirat als Haushaltsführerin ausschied, trat ich an ihre Stelle, denn die anderen beiden Geschwister waren zum Studium und nicht mehr zu Hause.

Nun wuchsen wieder meine Ängste. So oft ich meine Mutti alleine ließ, mein Vater arbeiten war, hatte ich ein schlechtes Gewissen, denn sehr oft lag sie am Boden, wenn ich vom Spiel oder Treffen mit Freunden nach Hause eilte.

Viele Jahre vergingen, meine Schwester Grete und ich gründeten Familien und wir besuchten uns regelmäßig, unsere Kinder waren gern zusammen. Da traf uns wieder ein harter Schlag, der wieder alle Ängste aufleben ließ. Fast im selben Zeitraum, in dem mein alter Vater einen Verkehrsunfall erlitt, bei dem seine Beine gebrochen wurden, er wohnte schon in unserer Familie und ich pflegte ihn, als uns ein Anruf von meinem Schwager Siegfried erreichte, vollkommen aufgelöst unter Tränen berichtete er: „Grete hat Krebs, der ganze Unterleib ist voller Metastasen." Ich konnte es nicht fassen. „Krebs, das haben doch nur die anderen", dachte ich, „warum gerade Gretchen? Das hat sie nicht verdient!". Ich haderte mit Gott: "Soll das gerecht sein? Sie, die sich für uns aufgeopfert hat!"

Von nun an fuhr ich jedes Wochenende von Suhl nach Quedlinburg, mein Mann blieb bei meinem pflegebedürftigen Vater und den Kindern. Nach einem halben Jahr mussten wir unser Gretchen mit 43 Jahren beerdigen, wovon unser inzwischen demenzkranker Vater zum Glück nichts mitbekam.

Hier muss ich nochmals einige Zeilen aus einem Gedicht von Tante Hannchen zitieren, denn für mich ergab sich nun, im Gegensatz zu ihr, die meine Schwester an ihrem Krankenbett auch oft besuchte, die Schlussfolgerung: „Es kann keinen Gott geben, so ungerecht darf es nicht zugehen!"

Sie aber schrieb in einem ihrer ostpreußischen Gedichte:

O, äwer grote Flichtlingsnot!
Vom Frost erstarrt, un nich mal Brot.
Nuscht Warmet tum drinke,

> nuscht Warmet tum äte!
> Mien Gott, häst du ons ganz vergäte?
> Doch nä! Gott tällt onse Trone,
> will bi all dem Leid doch mit ons gohne.
> He mott ons fähl nähme
> um uns noch mehr noch to gäwe.
> Dä Heimat dort boawe blewt ewig bestohne.
> On Gott well wie glowe,
> to em will wie gohne.

Aber auch dieses traurige Erlebnis sollte noch nicht das letzte für uns sein. Es kam noch viel schlimmer. Unsere Ängste wurden immer wieder neu geschürt. Sie begleiteten uns von neuem jahrzehntelang. Bei mir steigerten sie sich zu Angstattacken. Dagegen bekam ich Psychopharmaka. Alle möglichen Tabletten probierte mein Neurologe bei mir aus. Da er unsere Probleme kannte, riet er zur Psychotherapie, die aber auch nur geringen Erfolg brachte.

Die Wende kam und machte, anstatt das Leben zu erleichtern, wie wir anfangs glaubten, noch zusätzlich Probleme. Um diese zu verarbeiten, verfasste ich damals ein Gedicht, das in Kurzform mein Erleben mit der Wende und den sich damit ergebenden Schwierigkeiten in meinem beruflichen Weiterkommen widerspiegelt.

Zehnjahresendbericht – von Wende und Gericht

> Und wieder ist ein Jahr vergangen,
> 2002 hat angefangen,
> man überlegt und resümiert,
> was da so alles ist passiert.
> Man setzt sich hin, nur ein paar Zeilen,

um sich den andern mitzuteilen.
Doch zu vieles ist gescheh'n,
will alle Seiten man beseh'n.
War es nun fröhlich, war es Glück?
Hatte man ein Missgeschick?
Ist es den Kindern gut ergangen,
konnten sie Erfolg erlangen?
War die Gesundheit immer gut,
fehlte es an Lebensmut?
Konnte man das Schwere meistern
oder andre gar begeistern.
Das und mehr in diesen Tagen
will man seinem Nächsten sagen.
Mit ein paar Zeilen geht das nicht,
man schreibt fürs Jahr einen Bericht.
Prosa aber liegt mir nicht.
Ich schreibe ein Gedicht!

Doch was im letzten Jahr passiert,
mich am wenigsten berührt.
Die Zeit, sie ist so schnell verflogen,
an uns glatt vorbeigezogen.
Ich ein Jahrzehnt lang sprachlos war,
das wird nach Jahren mir nun klar.
Alle Sorgen, alles Bangen,
hat mit der Wende angefangen.
Wie vielen heut in dieser Zeit,
beruflich brachte sie mir Leid.
Ich hatte dabei so viel Mut
und dachte: Nun wird alles gut.

Nun endlich kann man alles sagen,
ohne die Partei zu fragen,
braucht "Horch und Guck" nicht zu beachten,
die dann die Berichte machten.
Man kann sich richtig frei entfalten,
'nen guten Unterricht gestalten
und nicht immer danach gehen,
was politisch ist geschehen.
Nach Qualität wird nun gefragt,
wie man es seinen Schülern sagt.
Auch mit den Eltern spricht man frei
ohne jede Heuchelei.
Mit Klasse Eins fang ich nun an
und mache alles freudig dann.
So kam es aber leider nicht,
ich musste vors Gericht!
Natürlich, und das war mir klar,
man prüft, wer unbedenklich war.

Mit diesem Siegel, frei im Sinn,
ging ich zur neuen Schule hin.
In dem Gedanken angekommen,
hatt' ich mir sehr viel vorgenommen.
Die Enttäuschung war dann groß,
man nahm mich als Erzieher bloß.
Ohne Erklärung stand ich da
und wusste nicht, wie mir geschah.
Zwölf Jahre war ich doch bisher Klassenlehrer
und noch mehr,

half überall, zu jeder Zeit,
als Mentor war ich auch bereit,
'ne off'ne Stunde gab ich gar
und das ganz ohne Honorar.
Andre Kollegen kamen nun hinzu
und das ließ mir keine Ruh.
Eine frisch vom Studium war,
'ne alte Direktorin gar,
die Kreisgewerkschaftsleiterin,
auch sie kam neu zum Schuldienst hin.
Die Schulamtsleitung zu mir spricht:
"Ein richt'ger Lehrer sind Sie nicht!"

So begann ich mich zu wehren,
beim Ministerium zu beschweren.
Nach viel Verhandlung, hin und her,
ich hatte keine Nerven mehr,
vom Referat die Leiterin,
sie sprach zu mir mit Engelssinn:
"Wir können positiv entscheiden,
Sie dürfen doch noch Lehrer bleiben!"
Learning by doing, nach so viel Zeit,
denk ich, das ist Gerechtigkeit.
Die Ferien kamen, ich fuhr zur Kur,
kurz, in den paar Wochen nur
begann man sich hier dann zu streiten:
Wer darf eine Klasse leiten,
wer kann bleiben, wer muss gehn?
Man ging nach einem Punktsystem.
Nach diesem stand ich da nicht schlecht.

Trotzdem, und ganz ungerecht, alle Stellen waren weg,
Einspruch hatte keinen Zweck.
Man hatt' mich, das ist nicht gelogen,
mit den Punkten glatt betrogen
und gab mir, was noch übrig war.
Ganz weit, nach Unterpörlitz gar,
für Zeichnen, Werken, Sport und Singen,
von Raum zu Raum musste ich springen.
Zur Pestalozzi teilte man mich ein,
sollte da mal frei was sein.
Mit 52 denk ich, bin ich jung
und mach Schwimmlehrerausbildung,
werd' abgeordnet nach hier und dort,
von einem an den andern Ort.
Das ist nicht leicht, das kostet Kraft.
Nur mühsam hab ich das geschafft.
Glaubt mir, das muss man doch verstehn,
für für immer kann das nicht so gehen.
So darf man es mit mir nicht treiben,
das kann ich doch nicht unterschreiben.
Die Frau vom Amt nur höhnisch spricht:
"Was wollen Sie? Das wissen Sie wohl selber nicht."
So kam sie, in der Weihnachtszeit,
in der man bringt normal nur Freud,
bös noch in Erinnerung, die angedrohte Kündigung.

Ja, es musste wohl so sein,
ich reichte gleich die Klage ein.
Was wusste ich denn, wie man klagt,

wie man es dem Richter sagt.
Was schreib ich und was muss ich unterlassen,
wie soll den Wortlaut ich verfassen?
Zum Glück, ich hatte meinen Mann,
der zu mir hält und vieles kann.
Er hat mir immer Mut gemacht,
ob es nun Tag war oder Nacht.
Welche Entscheidung wir auch trafen,
ich konnte längst schon nicht mehr schlafen.
Man musste in Geduld sich üben,
als Briefe hin und her geschrieben.
Was Ungerechtes war passiert,
wurde nun schriftlich aufgeführt.
Und was da in dem Schreiben steht,
ist inhaltlich ganz schön verdreht.
Zur Begründung hieß es scharf:
"Es ist Mangel an Bedarf!"
Und außerdem stand da zu lesen,
der PR wär auch dafür gewesen.
Er hat mich nicht mal angehört,
das ist es, was mich heut noch stört.
Was ich nun gar nicht kann verstehn,
will man nach Paragraphen gehen,
die das Land hat aufgeführt,
so hat's den Richter nicht gerührt.
Obwohl der Mann aus Bayern war,
lautet das Urteil klipp und klar:
Schwarz auf weiß, so das Gericht,
die Kündigung wird wirksam nicht!

Was will ich da noch groß erzählen.
Jetzt begann man mich erst recht zu quälen.
Sie hatten mich noch längst nicht klein
und reichten die Berufung ein.
Ich konnte damals es nicht fassen.
Die müssen mich ja furchtbar hassen.
Worauf man sich die Frage stellt:
"Was soll das? Das kostet doch viel Geld."
Und auch dieses ließ sie völlig kalt:
Es blieb der gleiche Sachverhalt.
Sie wollten mich noch mehr verletzen
und weiter hin und her mich hetzen.
Hatt' ich das Urteil in der Hand,
das kümmerte zwar nicht das Land,
mein Rechtsanwalt jedoch, er setzt sich ein,
dass in die Schule wieder ich komm rein.
Die Kollegen, denk ich, das wäre schön,
würden mich doch gerne sehn.
So freut' ich mich auf diesen Tag,
der mir so sehr am Herzen lag.
Doch leider nein, so kam es nicht.
Sie blickten mir kaum ins Gesicht.

Ich, die immer angesehn,
in ihre Schule sollte ich nicht gehn.
Ich könnte ja, ich müsst' mich schämen,
ihnen ihre Stunden nehmen.
Sie kamen doch, und das nicht schlecht,
auch ohne mich ganz gut zurecht.

Der Direktor, der immer war so nett zu mir,
so höflich und adrett,
entpuppte sich, ward dreist und stur,
für mich als Radfahrernatur.
Es ging mir, kaum noch zu ertragen,
jetzt erst richtig an den Kragen.
Im Fach Musik setzt er mich ein,
da fühlte ich mich sehr allein.
Ansonsten, und das war mir klar,
Mädchen ich für alles war.
Nur Sport und Schwimmen, das machte Spaß,
meinen Kummer ich da mal vergaß.
Sonst hatte ich, was sollt ich machen,
fürwahr nun wirklich nichts lachen.
Verheult lief manchmal ich umher
und hatte keine Kräfte mehr.
Sogar mein Arzt beim Nadeln innehält
und fragt, was mich denn da so quält.
Er, der immer war gehetzt,
sich ganz ruhig zu mir setzt.
Er hat sich alles angehört.
Das ist Mobbing", ruft er da empört,
"klären müssen sie das doch,
sonst fall'n sie in ein tiefes Loch!"
Der Direktor im Namen des Amtes spricht:
"Eine Klasse kriegen **Sie** doch nicht!"

Den Kampf darum, man kann so viel erleben,
hatte ich längst nicht aufgegeben.
Zu Hilfe kam ein Missgeschick,

für mich war es ein kleines Glück.
Die Schule, die uns mit der Zeit vertraut,
mit so viel Aufwand umgebaut,
sie sollte nun geschlossen werden.
So kann es zugehen auf Erden,
der Leiter, der sich fühlte groß,
er wurde nämlich arbeitslos.
Zieht schnell von dannen, räumt den Platz,
die große Schule hat Ersatz.
Nun setzt er mich, ich kann mich freun,
endlich als Klassenleiter ein.
Das Schulamt machtlos dabei steht,
denn der Übeltäter geht.
Pech gehabt, im Sommer muss ich zur OP,
warum das jetzt, denk ich, oh weh.

Doch bis dahin, stark will ich sein,
ich selbst führ meine Klasse ein.
Solange ich noch etwas krank,
hilft die Kollegin, Gott sei Dank,
die uns noch zur Verfügung steht,
bis sie dann bald in Rente geht.
Obwohl noch schwach, manchmal mit Schmerzen,
liegt mir die Klasse sehr am Herzen.
Gern will ich nun alles machen
und kann sogar schon wieder lachen.
Eltern und Schüler prima sind!
Ich freue mich an jedem Kind.
Von Schule zu Schwimmhalle, hin und her,

das macht mir keine Mühe mehr.
Der Erfolg, er gibt mir recht,
meine Arbeit ist nicht schlecht.
Das schätzt Frau "Schulrat" nicht so ein.
Es konnte ja nicht anders sein.
Wollte sie mir, nach diesem Streit,
nachweisen Unfähigkeit?
Mit Hohn sie in der Stimme spricht:
"Stehen lassen können wir das so nicht.
„Und überhaupt, das ganze Unterrichtsgeschehen!"
Das muss ich mir noch mal ansehen.
Die Schüler überfordert sind.
Das ist nicht gut für so ein Kind."
„Oh doch," so denk ich und bin froh,
"meine Eltern wolln das so!"
Zitterten mir damals auch die Glieder,
zum Hospitieren sie kam nicht mehr wieder.
Man kann so einem alten Eisen
Inkompetenz wohl schlecht beweisen.
Denk heut ich an die Zeit zurück,
es war nur kurz, mein kleines Glück.
Denn als das erste Schuljahr war herum,
wir alle zogen schließlich um
und fügten uns, vorher ganz klein,
nun in die große Schule ein.
Es ging nur gut ein halbes Jahr,
da droht erneut eine Gefahr.
Das, was auf meinen Rücken aufgeladen,
nun musste ich es doch ausbaden.
Ich hielt vor Schmerzen es kaum noch aus

und kam dann bald ins Krankenhaus.
Von hier nach dort schickt man mich nur,
unnützer weise noch zur Kur.
Engagiert endlich ein Doktor spricht:
"Eine OP vermeiden lässt sich nicht!"
Das ließ sich leider nicht abwenden.
Die Klasse aber war in guten Händen.
Die Lehrerin, bei der sie Mathe und Musik bekam,
nun die Leitung übernahm.
Natürlich nur für diese Zeit,
so denk ich, bis ich wieder bin bereit.

Ich geb mir Mühe und ich sammle Kraft,
so hab ich es schon mal geschafft.
Am Telefon hör ich es dann,
dass ich sie nicht behalten kann.
Abgeordnet soll ich wieder werden,
wird mir erklärt mit viel Gebärden.
Die Kollegin soll sie nun behalten
und den Unterricht gestalten,
weil sie vier Jahre hatte Pech
und ihre Schüler war'n so frech.
Dagegen ich nun protestier,
denn ich kann ja nichts dafür.
So soll ich eine andre dritte nehmen,
eine mit recht viel Problemen.
Für diese brauch ich sehr viel Zeit,
bereit mich vor, mit Gründlichkeit
und knie mich in die Arbeit rein.

Das aber reicht nicht aus allein.
Was in zwei Jahren ward versäumt,
wird so schnell nicht ausgeräumt.
Es kostete mich zu viel Kraft.
Ich wurde müd und abgeschlafft.
Du darfst doch jetzt verzweifeln nicht,
mein Gewissen zu mir spricht.
Auf das Gewissen, was da stört,
der Körper hat nicht hingehört.
Er schon lange rebellierte,
auf das, was da mit ihm passierte.
Seine Nerven lagen blank,
denn er wurde wieder krank.
Der Einsatz war wohl doch zu früh.
Vergeblich waren Fleiß und Müh.

In Herdecke, im Ruhrgebiet,
es eine gute Klinik gibt.
Dort nimmt mich auf die Psychiatrie,
für eine lange Therapie.
Die Zeit dort in dem Klinikum,
sie ging zwar langsam nur herum,
man hatte dafür aber Zeit,
ausführlich und mit Gründlichkeit,
zu sprechen über alle Themen,
auch mit beruflichen Problemen.
Man sah so manchen Unterschied,
der zwischen Ost und West geschieht.
Für den westdeutschen Lehrer die Krankenkosten,
waren längst nicht so hoch wie für mich aus dem Osten.

Bei denen, die dort Beamte sind,
auch welche mit Kurzausbildung man find.
Und mich als Lehrer man wollte absetzen,
ausgerechnet mit westdeutschen Gesetzen?
Das alles und mehr haben wir diskutiert.
Den Arzt hat alles interessiert.
Nach Für und Wider, was will ich und muss,
am Ende kommt er zu dem Schluss:
"So weitermachen können sie nicht.
Ihr Zustand eindeutig dagegen spricht."

Dieser Entschluss, fiel er mir auch schwer,
zurück ich konnte nun doch nicht mehr.
Mit den Nerven schon längst am Ende ich war.
Das wurde mir hier erst richtig klar.
Nie im Leben hätte ich gedacht,
dass das mir so wenig Probleme macht.
Wo ich doch immer so gerne zur Schule ging
und noch an Generationen von Kindern hing.
Meine Odyssee aber hat mich auch etwas gelehrt:
Ich sah so vieles, ob richtig oder verkehrt.
Ging ich von hier nach dort in die Einrichtungen hin,
ich fragte oftmals mich nach dem Sinn.
Was ich da an neuen Methoden sah,
das ging mir manchmal doch recht nah.
Das, was im Westen längst ausdiskutiert,
an unsern Schülern wurde es ausprobiert.
Religion und Ethik, mal fehlten die Stühle,
verschiedene Gruppen, das gab oft Gewühle.

Ethik ist wichtig, das sehe ich ein,
doch sie schloss man früher in jedes Fach mit ein.
Lesen lernen ohne Fibel,
als Lehrbuch dient manchmal auch die Bibel,
mit Teppichen Kuschelecken man richtet ein,
man nimmt Spielzeug mit in den Unterricht rein.
Zum Bemalen die Kinder oft erhalten Kopien.
Am Ende ich kann nun mein Fazit ziehn:
Als Lehrer man heute ist auch nicht frei,
ob Alt oder Jung, das ist einerlei.
Und was von der PISA-Studie man hört,
unsre Behörden das scheinbar nicht stört.
Es bleibt alles beim Alten, in unserer Welt
die Rolle spielt immer nur das Geld.

Wenn heut mein Gewissen zu mir spricht,
ändern ließ man mich das alles nicht!

Diese Erfahrung mussten viele Lehrer machen. Man hatte plötzlich zu viel von ihnen. Was nützte es allen, wenn sie ihre Prozesse zwar gewannen, aber nicht beschäftigt werden konnten. Das Land ging lieber in Berufung oder bezahlte eine volle Stelle, obwohl man, wie in meinem Fall, nur halbtags eingesetzt werden konnte.

Mein Gedicht machte damals die Runde und sprach vielen aus dem Herzen. Ich hatte die Nase gestrichen voll, in der Berufungszeit von einer Stelle zur anderen geschickt zu werden und irgendwo als Vertretung auszuhelfen. Deshalb fiel mir es dann gar nicht mehr schwer, das Vergleichsangebot anzunehmen und schon im 58. Lebensjahr die Erwerbsunfähigkeitsrente zu akzeptieren.

Unser Leben mit unseren zwei Söhnen Tobias und Andreas wäre wahrscheinlich problemloser verlaufen, wenn die beiden Jungen nicht so grundverschieden gewesen wären. Mit dem ersten Kind ist man noch ängstlich und man will keinen Fehler machen. Ich weiß noch, wie vorsichtig wir das kleine Bündel Tobias das erste Mal zu Hause auspackten. Dabei war es gar nicht so zerbrechlich, denn es brachte immerhin neuneinhalb Pfund auf die Waage. Man macht sich am Anfang auch viele Gedanken darüber, welchen Platz das Kind im Leben einmal einnehmen wird oder was es alles erreichen könnte. Beim zweiten ist man schon abgeklärter. Man hat alles schon einmal erlebt und wird etwas gelassener.

Beide Kinder waren gesund und widerstandsfähig. Andreas etwas molliger und robuster, Tobias schlank und sehnig. Wir sorgten dafür, dass sie nicht zimperlich und zu empfindlich wurden, tollten mit ihnen herum, so dass beide Kinder bald gern Sport trieben und abgehärtet wurden. Die Kinderkrankheiten überstanden sie relativ gut. Tobias überwand die Krankheiten sogar etwas leichter, obwohl er im Wesen empfindsamer und zurückhaltender war als sein jüngerer Bruder.

Tobias (l) und Andreas (r) im Jahre 1967 (Bleistiftskizze der Autorin)

Er war aber trotzdem sehr lebhaft und manchmal ungestüm in seinen Bewegungen. Andreas war von Anfang an ein Strahlemann, aufgeschlossen und fröhlich, er fand schnell Anschluss und Freunde. Das Glück war auf seiner Seite.

Tobias dagegen war verträumter und mehr in sich gekehrt und fand nicht so schnell Kontakt zu anderen Kindern. Er hatte zudem auch viel Pech. Seine erste Lehrerin z.B. war sehr strebsam, wollte besonders vorbildlich in der sozialistischen Erziehung vorgehen. Sie war die Ehefrau des Stadtschulrates und natürlich führend im Kollegium.

Das war für unseren fantasievollen Sohn und auch für mich nicht von Vorteil. Später tat es mir oft leid, dass ich die strengen Anforderungen seiner Lehrerin und auch der Erzieherin in den ersten Schuljahren erfüllen half. Ich erinnere mich noch an einige ihrer Erziehungsmethoden. Es wurde z.B. mit kleinen Figuren, die die Kinder der Klasse an einer Wandzeitung darstellen sollten, für alle sichtbar gemacht, wie gut oder wie schlecht sie in ihrem Verhalten eingeschätzt wurden. Die besonders lieben und folgsamen Kinder waren immer ganz oben auf einer Leiter zu sehen. Bei größeren oder kleineren Vergehen rutschten sie, je nach Einschätzung der Lehrer, eine oder mehrere Sprossen nach unten. Unser armer Tobias hatte sichtlich Mühe und blieb meistens an den unteren Stufen hängen.

Auch ärgerte er sich, dass er bei Unterrichtsgängen der Klasse, sie mussten dabei zu zweit nebeneinander gehen, immer das unbeliebteste Mädchen in der Klasse anfassen sollte.

Bei Andreas nahm seine Lehrerin alles lockerer. Er hatte eben wieder mehr Glück und durch seine Art war es auch einfacher, mit ihm umzugehen.

Als Jürgen als Dozent an die Universität Erfurt berufen wurde, war es für Andreas deshalb schwerer, sich von seinen vielen Freunden (und Freundinnen) zu trennen, als es für Tobias war.

Er liebte zwar seine Geburtsstadt Wismar sehr, doch die neue Klasse in Suhl mit den unvoreingenommenen Klassenkameraden und Lehrern ermöglichte ihm einen guten Neustart. Auch hier galt er als ruhig und zurückhaltend, fand aber nach einiger Zeit sogar einen Freund und wurde wegen seiner guten Leistungen anerkannt. Im nahegelegenen Örtchen Oberweide hatte er beim Segelfliegen Anschluss gefunden.

Nach kurzer Zeit konnten wir aus der großen Übergangswohnung in unser neues Eigenheim einziehen. So waren wir alle in Thüringen angekommen. Die Erwachsenen fanden herzliche Aufnahme im Tennisverein und ich später in meinem Beruf als Schulsekretärin, Erzieherin und schließlich lange Jahre als Grundschullehrerin in einer Polytechnischen Oberschule eine Arbeit.

Zu meinen Ängsten gehörte damals auch kurzzeitig die Pflege meines Vaters, den wir nach Suhl mitgenommen hatten, nachdem er sich kurz vor dem Umzug bei einem schweren Verkehrsunfall beide Beine gebrochen hatte und nun pflegebedürftig war. Er hatte uns vorher viel in unserem Heim in Wismar geholfen und wir hielten es für selbstverständlich, im neuen Heim in Suhl seine Pflege trotz zunehmender Demenz bis zu seinem Tod zu übernehmen. Er wurde bald von seinen Leiden erlöst.

Nach all dieser Belastung hätte nun Ruhe und Kontinuität in unser Familienleben einziehen können. Es lief alles, die Kinder hatten guten Kontakt und ihre Freizeitbeschäftigungen, wir kamen mit den DDR-Verhältnissen trotz einiger Ärgernisse einigermaßen gut zurecht, weil wir in unserer Freizeit im Tennisverein ein ausgefülltes Leben mit den Sportfreunden fanden.

Bis ein erneutes schlimmes Ereignis unser ganzes zukünftiges Leben nachhaltig beeinflussen sollte. Es war an einem ganz normalen Arbeitstag. Ich war auf dem Schulhof und betreute ein paar Kinder, als ich auf einmal Jürgen mit Andreas auf mich zukommen sah.

Traute ich meinen Ohren nicht, wollte ich es nicht wahr haben? Ein Gefühl der vollkommenen Leere schlich sich bei mir ein, als ich den kurzen, stockenden Bericht von Jürgen zu verstehen versuchte:

„Tobias hatte mit seinem Motorrad einen schweren Verkehrsunfall. Er liegt auf der Intensivstation in Lauscha im Koma und zeigt keinerlei Reflexe mehr."

Eine furchtbare Panik überkam mich. Sofort ließ ich mich beurlauben und wir fuhren die kurvenreiche Strecke von Suhl nach Lauscha ins Krankenhaus. Meine Gedanken drehten sich nur um den bangen Wunsch: „Hoffentlich überlebt er."

Die Vorwürfe, warum wir ihm das Motorrad von Freunden gekauft hatten oder warum wir nicht konsequent den Kradschlüssel entzogen hatten, verdrängte ich erst einmal. Warum nur hatte er nicht, wie vereinbart, den Bus genommen, um zum Zahnarzt zu fahren? Bei all diesen Fragen kam ich immer wieder nur zu dem Gedanken: „Er muss überleben!"

Wie tot fanden wir ihn in seinem Bett und auch die Ärzte konnten bei den Fragen nach den Aussichten nur bedauernd die Achseln zucken. Sie wussten es nicht. Von nun an fuhren wir täglich gemeinsam in das Lauschaer Krankenhaus, wo Tobias im Wachkoma wochenlang ins Leere starrte und keinerlei Reaktionen zeigte. Meine Schwester Sigrun, die aus Berlin gekommen war, wo sie eine Kinderarztpraxis betrieb, nahmen wir auch einmal als moralische Stütze mit. Wir fanden unser krankes Kind fixiert und es gab deswegen hässliche Auseinandersetzungen mit dem Betreuungspersonal.

Mein Körper befand sich damals in ständigem Alarmzustand. Als unsere Schulsekretärin in dieser Zeit z.B. einmal in meinem

Klassenraum erschien, wurde mir weich in den Knien und ich musste mich setzen. Ich war scheinbar totenblass, als mich die Kollegin ansah.

Sie sagte entschuldigend: „Ich wollte doch nur fragen, wie es Tobias geht."

Wochen später, Andreas war aus irgendeinem Grund einmal ohne uns zu seinem Bruder gefahren, unterrichtete er uns nach seiner Rückkehr dann freudig erleichtert: „Tobias hat seinen Namen gesagt." Von nun an ging es, wenn auch sehr langsam, bergauf. Fast alle Körperfunktionen mussten neu erlernt werden. Das Sprechen, das Gehen, das Schreiben. An Sport war gar nicht mehr zu denken, auch Jahre später, als er es ab und zu auf unsere Anregung mit dem Tennisspielen versuchte. Es scheiterte vor allem an der Bewegungskoordination.

Noch schlechter konnte er sein Verhalten steuern und stieß zunehmend auf Unverständnis bei den Personen seiner Umgebung, die falsches oder unangebrachtes Verhalten für schlechtes Benehmen hielten. Sogar wir mussten immer wieder lernen, dass die Ursache für seine Verhaltensänderung ja das unfallbedingte schwere Schädel-Hirn-Trauma war. So nach und nach blieben Freunde fern. Die Vorbereitung auf das Abitur, die Tobias mit einem Jahr Wiederholung in der nachfolgenden Klasse, also mit neuen Klassenkameraden und neuen Lehrern absolvieren musste, fiel ihm schwer. Was vor dem Unfall von ihm mit großer Leichtigkeit erlernt wurde, konnte er jetzt nur mit großer Mühe erreichen. Er schaffte aber das Abitur mit Berufsausbildung später mit befriedigendem Ergebnis, aber eher mit dem von vorher noch vorhandenen Wissen. Es fiel ihm schwer, sich neues Wissen anzueignen, und er war es nicht gewohnt, sich dafür anzustrengen. Es fehlte ihm vor allem an der nötigen Konzentration und Zielstrebigkeit. Da nützte ihm sein hoher Intelligenzquotient auch nicht viel. Er konnte auch nicht die Einsicht haben, etwas mehr für die Vorbereitung auf Leistungskontrollen zu tun.

Als wir das einige Tage vor einer Prüfung einmal erzwingen wollten, zu Hause zu bleiben, mussten wir auf schreckliche Weise belehrt werden, dass so ein Zwang sinnlos ist. Wir befanden uns gerade in unserem Wohnzimmer, als unser Nachbar plötzlich an unserer Haustür klingelte. Er hatte beobachtet, wie Tobias aus dem Fenster seines Zimmers im ersten Stock versuchte, einen Mauersims des Garagendaches zu erreichen, ihn aber verfehlte und dann abgestürzt war. Entsetzt rannten wir sofort nach oben, wo Tobias sich vor Schmerzen auf seinem Sofa krümmte. Er hatte sich nach dem Sturz von draußen wieder auf normalem Weg heimlich nach oben gequält, damit wir von seinem unsinnigen Vorhaben nichts merken.

Bei den nachfolgenden Untersuchungen wurde ein Stauchbruch an einem der Lendenwirbel festgestellt, der eine langwierige Behandlung, u. a. mit einem Stützkorsett, nach sich zog. Wieder eine für uns alle eine sehr anstrengende und aufwendige Zeit, bei der wir viel Lehrgeld zahlen mussten. Immer wieder gab es wegen des Tragens des Stützkorsetts oder anderer Probleme Auseinandersetzungen mit ihm. Jeder, auch wir, gingen mit ihm wie mit einem gesunden und normalen Menschen um. Ein Zusammenleben mit ihm wurde aber auf Dauer unerträglich. Er war erwachsen und wollte seine eigenen Wege gehen. Wir besorgten ihm eine kleine Wohnung, damit er sich nicht immer so bevormundet fühlen musste.

Aber das konnte nicht gut gehen. Die Probleme nahmen zu, mal mit Nachbarn, Frauen, die er zu sich nahm oder auch mit Arbeitskollegen. Als er nach kurzer Probezeit ein Praktikum an der Fachhochschule Freiberg abbrechen musste, begann er in Suhl in dem Beruf zu arbeiten, den er, wie in der DDR möglich, neben dem Abitur erlernt hatte: Glasfacharbeiter.

Immer, wenn nichts mehr ging und Tobias mal wieder in Schwierigkeiten steckte, kam er zu uns um Hilfe zu bitten. Das passierte oft und wir bekamen jedes mal bestätigt, dass bei Tobias irgendetwas kaputt war. Er machte immer wieder die selben Fehler, konnte weder aus ihnen lernen noch die richtigen Schlüsse zum Handeln ziehen. Wir waren aber froh, wenn er in seiner Not zu uns kam. Diesen Weg hatten wir ihm immer offen gelassen. Er sagte einmal zu uns: „Ihr seid die Einzigen, die ich noch habe!"

So etwas konnte er äußern, während er uns, mal Jürgen und mal mir, ständig die Schuld an seinem Missgeschick gab. Wir sahen diese Haltung als Ausdruck der Folge seines schweren Unfalls, die viel später als dissoziale Persönlichkeitsstörung diagnostiziert wurde. Bis zu dieser Feststellung verging leider eine lange, lange Zeit.

Eine mit uns befreundete Psychologin hatte einmal geäußert:

„Wenn Tobias nach dem Unfall richtig therapiert worden wäre, hätte man ihm vielleicht helfen können." Aber zu DDR-Zeiten, bei seiner Odyssee durch die verschiedensten psychiatrischen Einrichtungen, wurde er immer nur als verhaltensgestört, uneinsichtig und unerzogen eingestuft und letztlich allein gelassen. Später, nach der Wende, hatten wir zwar die Möglichkeit einer Betreuung erhalten, aber fachgerecht behandelt wurde er auch jetzt noch immer nicht.

Mit dem Kennenlernen der Krankenschwester Sybille und mit der Eheschließung, die die Jugendlichen heimlich vollzogen hatten, glaubten wir, dass für sie gemeinsam nun doch ein gutes Vorwärtskommen gesichert wäre. Aber das Eheglück war nicht von Dauer. Kurz nach Janas Geburt, unmittelbar nach Max das zweite Kind, kriselte es bei ihnen. Aus unserer Sicht lebte die Familie ziemlich chaotisch im wahrsten Sinne des Wortes. Zu keiner Tageszeit war eine gewisse Ordnung in ihrer Wohnung oder in ihrem Leben zu erkennen. Man wusste nie, wohin man treten sollte, ohne etwas kaputt zu machen, wenn man sie einmal in ihrer kleinen Wohnung bei Andreasberg besuchte. Ihre Kinder waren dagegen immer sauber gekleidet, das beruhigte uns, aber im Umgang mit Problemen des Alltags waren beide völlig überfordert. Sie wurstelten sich so durch, zur Not mit wahllos aufgenommenen Krediten.

Wegen eines viel älteren, verheirateten Mannes wollte Sybille dann die Trennung. Natürlich waren die kleinen Kinder bei einer Scheidung wie immer die Leidtragenden und auch für Tobias brach eine Welt zusammen. Was für psychisch gesunde Menschen nur mit großer Anstrengung überwunden werden kann, war für Tobias der Untergang. Wir halfen zwar bei der Überwindung materieller Schwierigkeiten. Bei den meisten Kreditverträgen hatte Tobias gutgläubig mit unterschrieben, für die Rückzahlung fühlte sich die trickreiche Sybille aber nicht verantwortlich. So blieb alles bei ihm hängen.

Aber das war weniger problematisch für ihn. Er konnte einfach nicht damit fertig werden, dass es seine große Liebe nicht mehr gibt. Nun, und da kam er eben auf die irrwitzige Idee, Deutschland ohne Vorbereitung auf immer zu verlassen nach dem Motto: „Ich geh mal kurz trampen."

Zum Glück wussten wir von alldem nichts, dafür waren unsere Sorgen durch sein Verschwinden und die Auswirkungen später für uns alle umso schlimmer. Es sollte Tobias fast das Leben kosten.

Wir hatten auch nicht geahnt, welche literarischen Fähigkeiten in ihm steckten, als wir ihm später rieten, seine Erlebnisse einmal aufzuschreiben. So entstand trotz all seiner Defizite das umfangreiche Manuskript „Ich bin kein Tourist!".

Obwohl er den Gedanken an eine Veröffentlichung immer weit von sich wies, denke ich doch, das man den Versuch einmal wagen sollte.

Mit Frohsinn in einen traurigen Urlaub

Es ist Sommer im Jahre 2011 und wir planen den schon längst fälligen Urlaub. Im Jahr davor fiel er aus, weil wir Probleme unseres unter Betreuung stehenden ältesten Sohnes lösen mussten. Darüber werde ich noch ausführlich berichten.

In den letzten Jahren, nachdem wir die nach der Wende möglichen Reisen in den Süden ausgekostet hatten, war unser Urlaubsland Polen geworden. Da hatten wir ein attraktives Haus in den Masuren entdeckt, wo wir uns sehr wohl fühlten. Die Landschaft erinnerte uns an meine ostpreußische Heimat mit weit auseinanderliegenden Gehöften, wo man viele Arten von Haustieren bestaunen konnte, und außerdem gab es in der Nähe einsame, saubere Seen, die wir gern und zu jeder Zeit nutzten. Auch die polnische Ostseeküste hatte es uns angetan, besonders die Wanderdünen bei Leba waren sehr beeindruckend.

Nun wollen wir aber endlich wieder einmal nach Alt-Ruppin. Jahrelang war das unser einziges Urlaubsdomizil. Hierhin fuhren wir schon von Wismar aus, als unsere beiden Söhne Tobias und Andreas noch klein waren. Auch später nach unserem Umzug nach Thüringen, wohin Jürgen an die Universität Erfurt berufen wurde, blieb Alt-Ruppin für uns immer noch der schönste Platz. Sogar unser erster Enkel Sven, das erste Kind von Tobias und seiner Studienfreundin Andrea, war mit uns und seiner Mutti mehrmals gern dort in den Ferien.

Hier beherbergte uns Tante Hannchen. Sie war Leiterin eines Diakonissen-Altersheimes, welches direkt an einem See lag. Zu dem alten Fachwerkhaus gehörten Stallungen, die unsere Tante geschickt nutzte. So hatte sie zum Beispiel den Pferdestall zu einer kleinen Ferienwohnung umbauen lassen. Alles sehr einfach, dafür aber billig und neben den vielen Seen, die es in der Umgebung gab, umsorgte uns Tante Hannchen mit ihrer Liebe.

Es geht also ans Packen. Eigentlich muss man gar nicht viel mitnehmen. Es soll ja nur ein Fahrrad- und Badeurlaub werden.

Das Pilze sammeln, was früher zu unseren Hauptbeschäftigungen gehörte, fällt ja wegen der Halbpension weg, die wir gebucht haben. Unser Hotel befindet sich auch nicht in Alt-Ruppin, sondern in dem kleinen Ort Zechlinerhütte, etwa 20 km von Alt-Ruppin entfernt. Vorher allerdings wollen wir noch einen Besuch in Teltow machen, wo unser Enkel Sven mit seiner Freundin Marina lebt. Marina hatten wir schon vor einem Jahr kennengelernt. Sie ist Apothekerin. Beim letzten Besuch überraschte sie uns mit ihrer Schwangerschaft. So werden wir bald, ich glaube im Herbst, Urgroßeltern.

Ich packe nun aber doch wieder viel zu viel ein, man braucht ja für jede Wetterlage etwas und zum Abendessen möchte man doch schön gekleidet sein. Jürgen macht sich an den Fahrrädern zu schaffen und kümmert sich um meine Schlafunterlage, die jede Reise mitmachen muss. Das Heizkissen darf auch nicht fehlen und vor allen Dingen gehören zum Waschzeug unsere jeweiligen Medikamente. Obwohl ich glaube, nur das Nötigste gepackt zu haben und ich auch zeitig damit angefangen habe, dauert es doch recht lange und ich bin wieder viel zu aufgeregt, als wir dann endlich ins Bett kommen.

Die Fahrt am nächsten Tag verlief reibungslos. Unser Navi bringt uns auch fast an die richtige Stelle, nur in der Gartenkolonie selbst, in der Marina in einem ausgebauten Bungalow auf einem großen Grundstück wohnt, müssen wir ein bisschen suchen. Er ist kaum als Wohnhaus zu erkennen neben den wundervollen Gärten mit neuerbauten, teilweise protzigen Häusern. Umso herzlicher werden wir empfangen. Sven bereitet ein spartanisches Essen im Freien. Es ist alles einfach und unkompliziert. Das genießen wir. Auch die neue Verwandtschaft, Marinas Eltern, gefällt uns sofort, als wir am nächsten Tag zum Kaffee mit selbstgebackenem Kuchen eingeladen werden. Wir bekommen sogar ein Päckchen davon mit auf unsere Reise.

Die Weiterfahrt am nächsten Morgen verläuft ziemlich öde, es regnet ununterbrochen. Der Montag fängt ja gut an. In Zechlinerhütte angekommen staunen wir über soviel neu Erbautes und nehmen unser Quartier in Augenschein. Prima alles! Beim Abendessen können wir den Blick über den See genießen. Das wird schön! Wir freuen uns auf die kommenden zwei Wochen. „Wir könnten gleich morgen nach Alt-Ruppin fahren und unseren See aufsuchen", schlage ich nach dem Essen vor. „Ja, hier verläuft ein neuer Radweg", antwortet Jürgen und zeigt auf die Karte. „Er läuft genau parallel zur Chaussee. Und am Mittwoch dann die Dampferfahrt, über die wir vorhin gesprochen haben, denn dann soll es laut Wetterbericht wärmer werden und wir werden nur noch in der Sonne liegen oder baden fahren".

Dienstag morgen fahren wir mit den Rädern und Badesachen nach Alt-Ruppin und kommen auch an Tante Hannchens Haus vorbei. „Mal sehen, was daraus geworden ist", denke ich. „Wollen wir es uns mal ansehen? Komm, ich frage mal!" Wir erfahren, dass jetzt hier die Arbeiterwohlfahrt das Grundstück gemietet hat. Freundlich führt uns eine junge Frau durch das Haus und erklärt uns, wofür die einzelnen Räume genutzt werden. „Hier können einsame Menschen sich beschäftigen, spielen, am Computer surfen, andere Leute kennenlernen und ihre Sorgen austauschen", erzählt sie stolz. „Das ist ganz im Sinne von Tante Hannchen", denke ich. „Mal sehen, wie lange wir noch die Unterstützung von der Stadt erhalten", höre ich die Frau noch sagen.

Mir fällt auf, das die leichten Möbel gar nicht so richtig zum Stil des Hauses passen wollen. Ich frage nach den schweren Möbeln, den großen langen Esstisch mit den dazu passenden Stühlen, der Vitrine, nach dem Klavier und der großen Standuhr mit dem klangvollen Gong. „Wo das hingekommen ist, weiß ich nicht", erzählt die nette Frau, „aber nebenan ist noch ein alter Schrank von früher". Mir wird unbehaglich. „Vielleicht hat der ehemalige Besitzer aus dem Westen sich die Sachen geholt", vermutet Jürgen. „Nein, die Kirche hatte das alles geschenkt bekommen", erinnere ich mich. „Sollte eventuell Herr Elster seine Finger im Spiel haben?" Tante Hannchen zeigte sich immer etwas besorgt, wenn dieser Herr von der Kirchenverwaltung sich angemeldet hatte.

„Es kann ja auch sein, dass die Sachen nach Heiligengrabe ins Mutterhaus gegangen sind," denke ich. Wir dürfen auch noch den Garten ansehen. Das war immer das Schmuckstück von Schwester Emma. Natürlich wurde aus den vielen Beeten jetzt ein Rasen gestaltet. Aber was ist das?

Der Pavillon, von dem aus wir so gerne über den großen See schauten, gehört ja gar nicht mehr dazu? Hinter dem Zaun, der vorgerückt worden ist, liegt er ziemlich verwahrlost da und es sieht sehr unordentlich aus. Außerdem steht mitten im Chaos ein Wohnwagen. „Das gehört hier alles den Elsters," erfahren wir. Na, das geht uns alles nichts an, beruhige ich meine Gedanken.

Etwas enttäuscht suchen wir unseren Badesee auf und finden ihn vollkommen einsam. Wunderbar, denke ich. Nur, dass damals hier ein Kinderferienlager auf der anderen Seite des Sees war, dessen Kinder hier badeten. Da hatten wir aber unser einsames kleines Versteck. Es ist etwas kalt, die Sonne ist hinter den Wolken verschwunden. Trotzdem überwinde ich mich und kühle mich langsam ab. „Ohne Badehose ist das Wasser kühl!" rufe ich atemlos Jürgen zu. Aber er kann sich heute noch nicht überwinden. Wir haben ja noch dreizehn Tage Zeit!

Mittwoch Morgen ist angebrochen. Nach dem Frühstück – es lohnt sich nicht, vor der geplanten Dampferfahrt noch etwas anderes anzufangen - setze ich mich einfach an den See und mache ein paar Bleistiftskizzen. Als wir dann in unser Zimmer zurückkommen, um noch ein paar Dinge für die Fahrt zu holen, finden wir auf unserem Bett einen Zettel. „Dringend! Bitte Sohn anrufen", steht darauf. Wir ahnen sicher beide dasselbe.

In mir zieht sich alles zusammen. Ein Gefühl der Enge erfüllt mich, denn ich ahne etwas ganz Schlimmes. Vollkommen erstarrt und zitternd wähle ich die Dienstnummer von Andreas. Er meldet sich sofort. „Ist etwas passiert?" höre ich mich fragen. Nach kurzer Pause: „Ja, Tobias ist gestorben." Weinend fügt er hinzu: „Ich weiß auch nicht, wie ich euch trösten kann." Stille. Mir stockt der Atem.

„Genaueres kann ich euch nicht sagen," höre ich nun, „ihr sollt Herrn Förster vom Ordnungsamt Suhl anrufen." Ich spüre, wie mir die Beine weg sacken. Jürgen fragt nichts. Er sieht alles an meinem Gesichtsausdruck. „Was machen wir jetzt?" frage ich entsetzt.

„Wir fahren mit dem Dampfer" höre ich ihn antworten.

„Das ist der Schock", denke ich und beginne sofort hastig mit dem Packen. „Wir müssen heute zurück!"

Ich wanke ziellos durch den Raum, fasse mehrmals irgendwelche Dinge an, lege sie wieder hin. Mir ist, als hätte ich kein Blut im Kopf und es fällt mir schwer, mich zu konzentrieren. Ich kämpfe gegen die aufsteigende Panik. Endlich gelingt es mir doch, alle Dinge schnell irgendwie zu verstauen.

An der Rezeption frage ich, ob es zusätzlich etwas kostet, wenn wir sofort abreisen. Obwohl die Dame nicht genau weiß, was passiert ist, verneint sie es und bietet ihre Hilfe an.

„Vielleicht kann der Hausmeister die Koffer tragen oder helfen, die Fahrräder einzubauen?" Doch ehe ich mich versehe, hat Jürgen es schon allein geschafft.

Irgendwann rufe ich Herrn Förster an. Als er sich meldet, zögere ich mit der Frage. Nur stockend kann ich sie formulieren:

„Ist er vom ..?" „Ja," vervollständigt er den Satz, „er hat sich vom Hochhaus gestürzt!"

Entsetzt rufe ich klagend: „Das hat er schon vor zwei Wochen versucht" und nach Luft ringend füge ich hinzu „dieser Dr. Seliger aus dem Klinikum Kirchheim hat unseren Sohn entgegen unseren entschiedenen Protest schon nach zehn Tagen Aufenthalt in seiner Station einfach entlassen." Wütend drohe ich: „Der soll sich warm anziehen!"

„Ich weiß", beruhigt mich Herr Förster und nennt mir die Dienststelle und den Namen des Polizeibeamten, der den Fall bearbeitet. Er rät uns, eine Anzeige zu machen.

Wir müssen noch zum Mercedes-Autohaus, um ein Rücklicht auswechseln zu lassen. Vorher verabschieden wir uns an der Rezeption bei der Dame, die inzwischen erfahren hat, was passiert ist. Sie wünscht uns alles Gute und vielleicht wollen wir ja später noch einmal in ihrem Haus einen Urlaub buchen. Aber unsere Gedanken sind ganz woanders und wir können kaum wahrnehmen, was sie sagt.

Endlich ist Jürgen zur Fahrt gerüstet und wir können starten. Er fährt konzentriert Kilometer um Kilometer. So langsam stellt sich bei mir das Bewusstsein wieder ein und bald fließen die Tränen, die ich nicht länger halten kann. Ich weine leise, um Jürgen beim Fahren nicht zu stören.

„Sollen wir anhalten?" fragt er mehrmals trotzdem. „Nein, fahr weiter!"

Meine Gedanken arbeiten und ich kann nichts anderes denken: „Warum sind wir abgefahren, ohne den Kampf bei der zuständigen Betreuungsrichterin weiterzuführen?" Immer wieder komme ich zu dem selben Punkt: „Warum hat sie uns denn nicht geholfen? Sie hätte uns doch helfen müssen!"

Immerzu wiederholen sich diese Gedanken. Wir waren doch vor der Reise extra bei ihr, an dem Freitag, damit sie mit einem Beschluss erwirkt, Tobias wegen seiner Depressionen länger in der geschlossenen Station zu lassen. Aber dieser Dr. Seliger behauptete da frech am Telefon, dass keine Suizidgefahr bestünde. Warum hat sie ihm geglaubt und nicht uns? Ich kann es nicht fassen.

Dabei war Tobias doch bei ihm genau deswegen vom Sozial-Psychologischen Dienst eingeliefert worden, nachdem Polizei und Feuerwehr ihn gerade noch vor dem Sprung von dem Hochhaus gerettet hatten. Nun ist alles zu spät. Ich kann nur noch weinen. Es hört nicht auf.

Zu Hause angekommen, beginne ich sofort wieder zu funktionieren. Schnell muss noch am Abend alles weggeräumt werden, das Bettzeug verstaut, die Blumen, die die Nachbarin versorgen wollte, wieder an ihren alten Standort gebracht und der Inhalt der Koffer ausgeräumt werden. Morgen ist Wichtigeres zu tun.

Endlich im Bett kann ich meiner Trauer und den Tränen freien Lauf lassen. Mit lautem Schluchzen rufe ich immer wieder: „Wie verzweifelt muss man sein, um so etwas Furchtbares zu tun?" Ich bekomme kaum Luft. Jürgen tröstet und hat es doch selbst so schwer. Erst gegen Morgen wirken die Beruhigungsmittel und ich finde für ein paar Stunden Schlaf.

Am Vormittag ruft Andreas an und teilt mit, dass er ab Mittag kommen kann. „Eigentlich brauchen wir deine Hilfe erst ab morgen, da haben wir einen Termin beim Beerdigungsinstitut." „Nein, ich möchte schon heute bei euch sein. Dienstlich kann ich das möglich machen." Mit Andreas zusammen ist alles viel leichter. Unsere Nachbarin Renate Zänker schließt uns alle in die

Arme. Von ihnen erwähnte Herr Förster, wie besonders nett sie wären: „So etwas gibt es doch heute kaum noch".

Der Weg zur „Sterbehilfe" wird gemeinsam erledigt, Fragen über Termin und Ablauf der Beisetzung geklärt. Sogar das Einparken ist für unseren Sohn Routine. Am Abend sitzen wir Drei zusammen und beraten weiter. Welchen Text und welche Form soll der Nachruf bekommen?

Meine Gedanken schweifen ab. Vor etwa einem halben Jahr saßen wir auch hier, nur zu Viert, da war Tobias noch dabei. Wieder hatte Andreas geholfen. Mit Jürgen zusammen hat er ihn mit all seiner kläglichen Habe aus Niederbayern hierher geholt. Seine Freilassung hatte eine von uns engagierte Rechtsanwältin, Frau Dr. Maigrund erwirkt, auch die Entlassung des alten Betreuers und ihre Ernennung zur neuen Betreuerin. Daher war unser ganzer Hobbyraum vollgestopft mit seinen Sachen, die vom Heimpersonal unordentlich gepackt und zusammengeworfen waren. Man war dort in Niederbayern scheinbar doch sehr verletzt über die erzwungene Freilassung. Am folgenden Morgen sollte es nach Talheim ins betreute Wohnen gehen, was Tobias absolut nicht wollte. Aus seiner Sicht war er doch nun frei und konnte endlich wieder machen, was er wollte. Vorher hatte er aus der geschlossenen Betreuungseinrichtung, wo es ihm angeblich körperlich gut ging, fast täglich angerufen und über seine Lage geklagt: „Ich habe hier Lebenslänglich!"

Einmal waren wir von einem Anruf besonders entsetzt. Da berichtete Tobias am Telefon, vom Schreien noch vollkommen heiser, er wäre siebzehn Stunden lang gefesselt und gewindelt gewesen und dürfte jetzt nur auf Strümpfen herumlaufen, aus Furcht, er könnte wieder fliehen. Die Frage nach seinem Betreuer beantwortete er: „Der hat sich schon tagelang nicht sehen lassen." „Wir müssen ihn so schnell wie möglich da rausholen!" schlussfolgerten wir.

So hatten wir versucht, für ihn als Alkoholiker und psychisch Kranken eine bessere Bleibe zu erkunden. Jürgen war auch fündig geworden. In Neuroda, eineinhalb Autostunden von Suhl entfernt, fand er ein kirchlich geführtes und offenbar viel besseres Heim, das er besichtigte, und offene Ohren für unsere Probleme. Begeistert berichtete er mir damals von den sehr guten Methoden, den Beschäftigungsmöglichkeiten für jeden Einzelnen, und zeichnete mir den Grundriss der Einrichtung auf, damit ich mir alles gut vorstellen konnte. Mit dem netten Leiter des Heims hatte er einen weiteren Besuchstermin verabredet, denn Tobias sollte das Heim auch vorher sehen und einverstanden sein.

Der damalige Betreuer aus Niederbayern, Herr Brunner, war aber nicht zu bewegen, unseren Sohn dort vorzustellen. Also leiteten wir selbst alles in die Wege.

Ein Ausreißversuch von Tobias half uns dabei. Er befand sich aus diesem Grunde zufällig in der Nähe von Neuroda. Dort wurde er in eine psychiatrische Einrichtung eingewiesen, nachdem er wieder einmal von der Polizei aufgegriffen worden war. So wäre es ein Leichtes gewesen, ihn von dort aus in dem Heim vorzustellen. Sein Betreuer allerdings bestand darauf, dass dieser Transport nur unter Polizeischutz durchgeführt werden dürfte. Lächerlich! Das meinte auch die zuständige Polizeidirektion und lehnte das Ansinnen ab. Wir mussten schließlich einen privaten Wachdienst mieten und scheuten die Kosten dafür nicht. Wenn ich daran denke, kocht es noch innerlich in mir. Es tut mir immer noch weh, dass man Tobias wie einen Verbrecher behandelte, bloß weil er sich nicht gerne gängeln ließ und seine Freiheit über alles liebte.

Ich werde aus meinen Gedanken gerissen. Jürgen und Andreas feilen gerade an dem Text, der in der Zeitung veröffentlicht werden soll. „Wir nehmen Abschied von unserem Sohn und

Bruder. Wir konnten ihm leider nicht helfen ...", „und klagen alle die an, die ihm nicht halfen" will ich weiter fortsetzen. Andreas möchte das so nicht schreiben.

Ich rufe aufgebracht: „Hast du vergessen, dass die in Niederbayern ihn nicht mehr beherbergen wollten, weil er ja jetzt frei war und sie sich angeblich strafbar machen würden, wenn sie ihn länger als eine Nacht behielten? Es waren immerhin – 10 Grad".

Ich merke, wie in mir die Empörung aufsteigt und rufe wütend: „Das muss doch gesagt werden. Und auch das Heim für betreutes Wohnen in Talheim schmeißt ihn raus und setzt ihn mitten im Winter von einem Tag auf den anderen auf die Straße, obwohl er gerade eine Hüftoperation hinter sich hatte." Ich schnappe aufgeregt nach Luft. Und das am Freitag, nachdem mich doch noch am Dienstag der Leiter dieses Heimes, bei einem Beratungsgespräch mit den Worten beruhigte: „Wir haben viel Geduld!". Und dann dieser Rausschmiss!

Wir erinnern uns gemeinsam daran, dass sogar die hiesigen Tageszeitungen, die ich mit einem Hilferuf um eine Veröffentlichung bat, wohl Skrupel hatten, eine Kritik gegen den Eigner des Heims, Herrn Fleischer, zu schreiben. Und Tobias neue Betreuerin Frau Dr. Maigrund, kümmerte sich einen Dreck um ihn und ließ uns, nachdem sie ihn aus der Unterbringung „befreit" hatte, alle Arbeit und Behördengänge machen. Auch das Sozialamt hat ihn im Stich gelassen, als es sich bereit erklären sollte, falls Tobias die festgesetzte Probezeit in Neuroda nicht besteht, für eine Bleibe zu sorgen. Nur deshalb ist das mit Neuroda gescheitert. Ich rede mich richtig in Rage:

„Man hätte es doch mit Neuroda wenigstens versuchen können, schließlich waren alle Verantwortlichen und Tobias einverstanden mit der Aufnahme dort." Weinend sage ich noch: „Dann wäre das alles nicht passiert".

Andreas bleibt ruhig und hat Verständnis für unsere Klagen und meinen Gefühlsausbruch. Schließlich hat er das ja alles hautnah damals mitbekommen, sogar für seinen Bruder die neue Wohnung gemalert.

„Die haben uns doch alle im Stich gelassen. Tobias hatte nur uns," rufe ich. „Aber sieh mal", entgegnet Andreas, „es gibt ja auch ein paar Leute, die ihm geholfen haben. Die würdest du ja mit der Anklage mit beschuldigen". Nachdem ich darüber nachdenke, werde ich ruhiger und bestätige seine Meinung. So einigen wir uns schließlich auf die Version:

> Wir sind traurig, dass wir dir nicht helfen konnten,
> danken all denen, die es mit uns versuchten,
> und es schmerzt uns, dass die nicht halfen,
> die es hätten tun müssen.

Diesen Text schreiben wir auch an die persönlichen Adressen, und denen, die wir zur Beisetzung einladen wollen, noch zusätzlich den Termin am folgenden Freitag. So bleibt noch etwas mehr als eine Woche Zeit, sich auf die Trauerfeier vorzubereiten. Andreas fährt wieder nach Leipzig, nachdem wir einige Aufgaben, Anrufe an Angehörige und Freunde und Traueranzeigen anfertigen usw. verteilt haben.

Wieder alleine übernehmen wir die restlichen Telefonate, das Versenden der Benachrichtigungen und vor allem die Vorbereitung auf den Trauertag. Meine Tennisfreundinnen bieten Hilfe an. Ich freue mich, dass Rita das Backen übernimmt. Ich komme auch wenig zur Ruhe, weil uns fast ununterbrochen Beileidsanrufe und -besuche erreichen. Immer wieder berichte ich mit Empörung von der unterlassenen Hilfeleistung durch Dr. Seliger.

Besonders enttäuscht von seiner Handlungsweise und schmerzlich berührt ist auch Frau Zolem, die Leiterin des letzten Heimes, das Tobias beherbergt hatte. Als ich dieses von ihr gegründete und geleitete Heim damals in Falkenstein unweit von unserem Wohnort entdeckte, um die Aufnahme von Tobias bat und nach einem leeren Zimmer fragte, war sie sofort bereit, ihn aufzunehmen. Ich konnte es nicht fassen. Das ist unsere Rettung.

Meine Bedenken zerstreute sie mit den Worten: „Ich habe bis jetzt jeden Alkoholiker umgekrempelt, ihr Sohn wäre der erste, der es hier nicht schaffen würde."

Sie hatte auch sofort seine neu auftretenden Depressionen festgestellt und sich mit uns gemeinsam um ärztliche Hilfe bemüht. Weil wir damals sowieso alle Aufgaben der Betreuerin notgedrungen übernommen hatten und sie uns eher noch behinderte als half, stellten wir den Antrag, dass Jürgen dieses Amt übernehmen sollte. Er hatte vor Jahren auch schon einmal diese Aufgabe.

Über den Ablauf der Trauerstunde waren wir uns mit Andreas einig geworden. Ein Klavierkonzert als Einleitung, ein oder zwei Redner, Beatlesmusik, die Tobias über alles liebte, das waren die Hauptinhalte. Schnell waren wir uns auch einig geworden, das die Hauptrede nur einer von uns halten kann, keinem anderen hätten wir erklären können, wie es um Tobias stand. Ich schlug vor, eine neutrale Person müsste die Leitung der ganzen Zeremonie übernehmen.

„Ich wüsste schon jemand. Eine liebe Freundin könnte es, aber ich denke, dass sie noch im Urlaub ist." So sind wir freudig überrascht, als Familie Frisch an einem Abend zu uns kam, gleich nachdem sie die traurige Nachricht in ihrem Briefkasten gefunden hatten.

„Natürlich mache ich das!" erklärte Gerina sofort, „da brauche ich gar nicht darüber nachzudenken."

„Ach, das ist lieb!"

Schon seit Tagen diskutieren wir, ob nicht Jürgen als Vater die Trauerrede halten könnte.

„Bestimmt kannst du das", sage ich, aber immer wieder gebe ich zu bedenken, ob es nicht eine zu große nervliche Beanspruchung sein wird.

Alles ist nun auf den kommenden Höhepunkt vorbereitet. Alle unsere Nichten und Neffen, ein paar Freunde und Nachbarn und auch seine beiden Söhne, Sven und Max, inzwischen erwachsen, wollen dabei sein. Ich bin erstaunt und denke immer wieder, wie Tobias es zu Lebzeiten geholfen hätte. Nun kann er es nicht mehr erleben.

Leben und Tode

Jürgen arbeitet schon seit Tagen an der Trauerrede. Als ich ihm über die Schulter schaue, sagt er: „Es ist furchtbar! Ich heule über meine eigenen Worte."

„Du musst ja nicht," gebe ich nochmal zu bedenken, „du kannst den Text doch auch von einem Redner vorlesen lassen, so wie es damals Martin bei Doris gemacht hat".

„Nein, ich will es doch selber sprechen. Ich werde das schaffen."

Nun höre ich Jürgen täglich üben und vor sich hinmurmeln. Ich glaube, so gut hat er sich auf keine seiner Reden, nicht einmal vor der Promotion, vorbereitet. Jetzt bekomme ich zur Überprüfung die Vorlage und finde nichts, was zu korrigieren wäre. Weinend quäle ich mich durch den Inhalt.

„Das hast du ganz prima hingekriegt! Ich hätte das nicht geschafft", staune ich, „alles so gut verstehbar chronologisch und sachlich zu ordnen, das war schon immer deine Stärke, du als Dokumentalist."

Noch einmal beginne ich von vorn zu lesen:

> Liebe Krimhild, lieber Andreas, lieber Sven, lieber Max!
> Liebe Familie, liebe Freunde und Bekannte,
> alle die uns und auch Tobias nahe stehen bzw. nahestanden.
> Ich möchte mich mit meinen Gedanken und Erinnerungen
> direkt an Dich wenden, lieber Tobias.
> Für uns warst du schon einmal gestorben,
> vor mehr als 30 Jahren. Nach einem schweren Verkehrsunfall bliebst
> du leblos auf der Straße liegen,
> das Motorrad zertrümmert und der Sturzhelm,

der dich hätte schützen sollen, existierte nur noch in
kleinen, orangefarbenen Splittern.
Von einem Polizeibeamten, der an unserer Tür klingelte,
wurde uns dein Tod gemeldet. Entsetzt, fassungslos
mussten wir das fürchterliche, das unfassbare Unglück
zur Kenntnis nehmen.

In der Intensivstation des Krankenhauses Lauscha
standen wir dann fast jeden Tag an deinem Bett
und sahen dich in einer tiefen totenähnlichen Bewusstlosigkeit,
die nicht weichen wollte, wir sahen einen fürchterlich
gequetschten, schiefen Kopf und starre, blicklose Augen.
Ein Koma, das wochenlang andauerte und uns
an den Rand der Verzweiflung brachte.

Hier gehen meine Gedanken zurück. Es war genau 33 Jahre und drei Monate her, als damals im Frühjahr Jürgen und Andreas auf unseren Schulhof kamen, wo ich gerade Hofaufsicht hatte, und mir diese furchtbare Nachricht überbrachten. Ich erinnere mich auch noch an die erste Fahrt nach Lauscha. Es war das Bangen um sein Leben. An etwas anderes konnte ich gar nicht denken. Hoffentlich lebt er noch. Da war kein Gedanke, welche Folgen so eine Hirnquetschung auf die Hirntätigkeit haben könnte oder welche Persönlichkeitsveränderungen sich ergeben könnten.

Das kam später, als Tobias wieder bei Bewusstsein war, neu sprechen, laufen und schreiben lernen musste, wenn er dann mit starrem Blick von mir gestützt durch das Krankenhausgelände stakste.

So lese ich es jetzt auch weiter:

Doch du kämpftest dich zurück in das Leben,
das kein ganzes mehr sein konnte.
Zu vieles war in deinem Gehirn für immer zerstört,
abgestorben, nicht mehr reproduzierbar.
Es war ein halber Tod – und es blieb nur ein halbes Leben.

Lieber Tobias, dein Weg zurück in dieses halbe Leben war
schwierig und langwierig und letzten Endes –
trotz all deiner Bemühungen,
trotz aller Anstrengungen vergeblich.
Was musstest du alles wieder neu lernen?
Das Sprechen, das Gehen, das Schreiben,
den Umgang mit Menschen.
Erinnerungen mussten geweckt
und die auf dich einstürzenden
Eindrücke mussten verarbeitet,
sie mussten in folgerichtiges Handeln umgesetzt werden.
Für immer ausgelöscht blieben aber deine Erinnerung
an den Unfall und vieles, was vor dem Unfall
zu deiner Persönlichkeit zählte,
deine zurückhaltende, introvertierte, scheue Art,
deine fast militante Abneigung gegen das Rauchen
und die Leichtigkeit,
mit der dir Wissen und Können zuflogen.
Jetzt fiel dir alles unendlich schwer.
Das Lernen, das Konzentrieren,
das Sammeln von Erfahrungen,
das Kennenlernen und das Befolgen von Regeln.
Und trotzdem hast du es damals geschafft,

dein Abitur zu bestehen und die Facharbeiterausbildung
zu beenden. Die Fahrerlaubnis folgte.
Dein Einstieg in das Berufsleben gelang
am Rechenzentrum der FHS[1] Freiberg,
nachdem die Ärzte aus medizinischen Gründen
dringend von einem Studium abgeraten hatten.
Hier, an der FHS, begann deine langjährige Beziehung
zu der damaligen Studentin Andrea.
Euer Sohn Sven wurde geboren.

Und erneut gleiten meine Gedanken ab. Wie viel Schwierigkeiten wir mit Tobias und er mit seiner Umwelt bis zu diesem Zeitpunkt zu bewältigen hatten, kann so ausführlich in einer Rede am Grab gar nicht gesagt werden. Wenn ich daran denke, auf wie viel Unverständnis wir damals in der Schule, in den Krankeneinrichtungen oder im Lehrbetrieb gestoßen waren. Keine Institution, nicht die ehemaligen oder jetzigen Freunde oder Liebschaften, wenige Lehrer, auch nicht die Polizei hatten Verständnis für sein so anders gewordenes, anormales Verhalten. Es ließ sich niemand mehr an die Ursache dafür erinnern, an den Frontalzusammenstoß zwischen Motorrad und Tieflader auf einer kurvenreichen Abfahrt mit der Folge eines schweren Schädel-Hirn-Traumas. Ich glaube mich zu erinnern, dass ein Urteil über ihn lautete:

„Der ist doch nur faul, der soll sich mal selbst in den Hintern treten, das verwöhnte Professorensöhnchen!"

Jürgen kommt hinzu und holt mich aus meinen Gedanken in die Gegenwart zurück. „Woran denkst du denn gerade? Liest du den Text noch einmal?" „Ich musste an den Ausspruch denken,

---

1 _Fachhochschule

dass Tobias sich selbst in den Hintern treten soll ... Wer hat das eigentlich gesagt?" frage ich.

„Das war eine höhergestellte Persönlichkeit, ein Professor an der Psychiatrie der Universitätsklinik Jena, ich glaube sogar der Chef."

Gemeinsam erinnern wir uns weiter an einen der Prozesse, die gegen Tobias wegen angeblichen Sozialbetrugs angestrengt wurden. Der Richter entschied gegen die von der Verteidigerin vorgebrachten Hinweise auf die Schuldunfähigkeit mit der kaltschnäuzigen Bemerkung: „Ich stelle fest, dass der Beklagte ja antworten kann!" und verurteilte ihn, ohne die Verteidigerin überhaupt anzuhören.

Erst viel, viel später, nachdem er für alle kleinen und größeren Vergehen wie jeder Normale bestraft wurde, hatten ihm Fachärzte amtlich bescheinigt, dass er seit dem Unfall an einer dissozialen Persönlichkeitsstörung litt.

Unfassbar, wie machtlos wir trotzdem oftmals den Behörden gegenüberstanden damals zu DDR-Zeiten, wie auch heute noch. Als wir uns in dem ersten Jahr nach dem Unfall an das Gesundheitsministerium wendeten, erhielten wir einen längeren Antwortbrief mit sehr viel Verständnis für unsere Lage, mit vielen guten Wünschen für die Zukunft und heute, das heißt einige Monate vor Tobias Selbstmord, bekamen wir wiederholt ähnliche Schreiben von Behörden, an die wir uns um Hilfe gewandt hatten. Auch das Sekretariat des damaligen Fernsehmoderators Escher hielt uns mit der Aussicht hin, auf unser Anliegen später zurückzukommen. Da waren Streitigkeiten in der Nachbarschaft, bellende Hunde oder Wegerechte von Anliegern offenbar wichtiger.

Es war für Außenstehende sicherlich sehr schwer, das Fehlverhalten von Tobias richtig einzuordnen und auch uns fiel es nicht leicht, für sein Verhalten immer Verständnis zu zeigen. Leider wollten oft auch versierte Fachkräfte die Ursachen dafür nicht wissen, wenn wir auf seine Krankenakte hinwiesen. So äußerte z.B. ein Pfleger des Sozialtherapeutischen Zentrums, in das Tobias zunächst in Niederbayern eingeliefert worden war: „Das möchte ich gar nicht lesen, ich bilde mir lieber selbst ein Urteil." So folgten Strafen wie Essensentzug (kein Nachschlag) oder Verbot von Computer- und Gitarrenbenutzung.

Doch langsam löse ich mich von meinen bitteren Erinnerungen und lese weiter:

> Doch Andrea und du, ihr konntet, bei aller geistigen Nähe,
> wie die Königskinder in der deutschen Sage –
> zueinander nicht kommen, das „Wasser war viel zu tief";
> die Lösung aller mit einem gemeinsamen Weg verbundenen
> Probleme hast du nicht schaffen können. Und für ein Leben „ohne
> Seil und doppelten Boden" war Andrea nicht geschaffen.
>
> Ein zweiter Versuch gelang mit Sybille zunächst besser. Ihr habt
> geheiratet, zwei Kinder – Max und Jana – bekommen und nach der
> Wende sogar einen Neustart in den
> für uns neuen Bundesländern begonnen.
> Du hast dich dieser Aufgabe, in der sog. bürgerlichen Welt als
> Familienvater deine Rolle zu spielen, gestellt.
> Die Liebe zu deinen Kindern war deutlich zu spüren.
> Ihnen auf Dauer Wärme zu geben und Vorbild zu sein,
> wurde durch die von dir nicht gewollte,
> dich tief verletzende und dich letztlich auch aus
> der Bahn werfende Scheidung verhindert.

Ich denke an die Zeit mit Sybille in der Ehe und an die Kinder Max und Jana zurück. Ich glaube, das war für ihn die schönste

Zeit in seinem Leben. Mit unserer und der Hilfe des Vaters von Sybille hatte er für seine Verhältnisse viel geschaffen und gute Grundlagen für den Erhalt seiner Familie gelegt. Das Ausbrechen seiner Frau aus der Ehe hat ihm vollständig den Boden unter den Füßen weggerissen und ich denke, dass hier etwa sein Alkoholmissbrauch begann. Ich nehme mir wieder die Trauerrede vor:

> Du warst plötzlich allein auf der Welt, verstoßen
> in eine dir immer unverständlicher werdende Gegenwart.
> Jeder wollte jetzt etwas von dir, vor allem Geld:
> Das Finanzamt, das Arbeitsamt, das Jugendamt
> (es waren sogar zwei Ämter, die dir im Interesse deiner
> Kinder nachstellten), die Banken und Sparkassen, bei denen du fleißig
> die Kreditanträge zusammen mit Sybille unterschrieben hast und für
> deren Tilgung du nun alleine verantwortlich sein solltest ...
>
> Die Flut dieser Forderungen schwoll an wie eine Sturmflut.
> Da hast du mit Flucht reagiert, bist in ein Leben
> ohne Konventionen und Traditionen übergewechselt.
> Du nahmst dir die Freiheit, es anders zu machen.
> Du hast dich in Deutschland und Europa umgeschaut,
> als immer professioneller werdender Tramper.
> Tourist wolltest du nie sein.
> Doch zurückgekehrt in deine „Villa" in Andreasberg
> lagen die Forderungen immer noch auf dem Tisch.
> Und sie wurden größer und größer.
> Da warst du auf einmal – vor 15 Jahren –
> für alle verschwunden. Diese Abschiedssituation
> ist von dir dokumentiert worden. Du schriebst darüber:
> „Ich habe meiner Nachbarin Bescheid gesagt,

dass ich einige Monate verschwinden werde.
Dass ich vorhabe, überhaupt nicht mehr zurückzukommen,
sage ich ihr nicht. Sie ist jetzt schon traurig genug.
In den letzten Monaten hat sich zwischen mir und der 75 jährigen
Frau ein fast freundschaftliches Verhältnis entwickelt….
Genau weiß ich noch nicht, wo ich hin will….
Mein großes Ziel heißt Afrika!"
Dieses Ziel hast du erreicht. Geld war nur wenig vorhanden
(eigentlich gar keins, denn das wenige wurde unterwegs gestohlen),
eigene Fahrmöglichkeiten hattest du auch nicht.
Ohne großes Gepäck – die Segeltuchtasche auf den Rücken,
den grünen Hut aufgesetzt, marschiertest du los und landetest
letztendlich schon nach wenigen Wochen im fernen Gambia,
Tausende Kilometer von Deutschland entfernt.
Die Stationen deiner Reise sind es wert, genannt zu werden.
Ohne Zögern wird Frankreich durchquert,
auch Spanien verlockt dich nicht zum Bleiben.
Es war zu kalt.
In sieben Tagen erreichst du Casablanca.
Die Überfahrt zu den Kanarischen Inseln,
den Inseln der Aussteiger, war dein nächstes Ziel.
Erreicht hast du es nicht, da man mit einem Schiff
oder auch mit einem Flugzeug nicht per Anhalter
fahren bzw. fliegen kann.
Da stellst du dich an die einzige Ausfallstraße nach Süden,
durchquerst als Mitfahrer in einem Autokonvoi die Sahara
und endetest schließlich in Mauretanien.

Ich empfinde noch einmal die Angst die wir damals hatten, als wir monatelang von Tobias nichts erfuhren. Nach der Scheidung hatten wir für ihn mit großem Aufwand in Andreasberg eine neue Wohnung aufgetrieben. Nun fehlte von ihm jede Spur, er meldete sich auch nicht telefonisch nach Wochen, was er sonst tat, wenn er mal wieder auf Tramptour gewesen war. Die Sorge, ihn vielleicht nie wieder zu sehen, wuchs mehr und mehr.

Hier passiert dein nächstes,
wiederum fast tödliches Unglück.
Bei einem Sprung in den Atlantik –
mit dem du das neue Jahr begrüßen wolltest –
schlägst du mit der Stirn auf den
zu flachen Grund. Du erleidest einen Stauchbruch
der Halswirbelsäule – unerträgliche Schmerzen,
Taubheitsgefühle in den Armen und Benommenheit sind die Folge.
Jederzeit hätte, wie uns die Ärzte später sagten,
eine Querschnittslähmung eintreten können.
Ohne Geld war dort eine medizinische Versorgung nicht zu
bekommen, Schmerztabletten halfen dir nicht wirklich.
Trotzdem ging es für dich immer weiter – in den Senegal
und dann nach Gambia – und zuletzt – wie du berichtest –
wegen der Schmerzen durch die Hölle.
Vor der von dir angestrebten Überfahrt nach Südamerika
brichst du zusammen. Nichts ging mehr.
Die deutsche Botschaft in Dakar lässt dich schließlich
nach Deutschland zurückfliegen.
Das hilft dir aber zunächst nicht.
Durch deine Flucht warst du
aus dem sozialen Netz herausgefallen.
Und durch den Unfall war wieder ein Stück Lebenskraft
aus dir gewichen, du warst dem Tode
wieder ein beträchtliches Stück näher gekommen.
Wir konnten dich in dieser Situation auffangen,

> sorgten für die medizinische Versorgung,
> trafen auf einen Arzt, der deine Wirbelsäule
> in einer komplizierten Operation stabilisierte
> und nicht nach der Bezahlung fragte –
> du warst ja nicht einmal mehr krankenversichert!

Irgendwann, nach Wochen, rief Tobias an. Irgendwo an einer Autobahn-Raststätte gabelten wir ihn auf. Wie erschrocken ich über seinen Zustand war, empfinde ich heute noch, wir ahnten doch aber nichts von dieser fürchterlichen Verletzung und erfuhren auch nicht gleich, woher er überhaupt kam. Zu unserem Pech hatten wir vor, am nächsten Morgen eine Kurzreise ins Ausland zu beginnen. Der Flug war gebucht. So fuhr Tobias nach Hause und wir mit schlechtem Gewissen in die Türkei. Andreas sollte Erkundigungen einholen, ob mit Tobias alles in Ordnung ging.

In einem Krankenhaus in Andreasberg sahen wir ihn dann nach einer Woche wieder, wo er mit hohem Fieber lag und gegen Malaria behandelt werden musste. Die dringend notwendige Operation der Halswirbelsäule konnte deshalb erst Wochen später erfolgen.

Mit Schrecken denke ich an diese Zeit zurück. Es war nach der Wende, als ich den Prozess und auch die Berufung gegen die Änderungskündigung des Bildungsministeriums des Landes Thüringen gewonnen hatte. Da kam alles zusammen. Wieder in den Schuldienst eingegliedert, musste ich viele Schikanen im Laufe des dreijährigen Prozesses über mich ergehen lassen. Der Höhepunkt war eine Hospitation, die Frau Gotthardt vom Schulamt genau an dem Freitag bei mir angemeldet hatte, an dem wir Tobias besuchen wollten.

Es war einen Tag nach seiner schweren Operation in Seesen. Trotz dieser Belastung bereitete ich mich sehr gut auf den Unterricht vor und überstand diese zwei Stunden auch irgendwie. Ich wusste, dass diese Hospitation angezettelt worden war, um mir Mängel in der Unterrichtsführung nachzuweisen. Ihre Unzufriedenheit ließ Frau Gotthardt mich auch deutlich mit den Worten: „Das können wir so nicht stehen lassen!" spüren. Mir war das in dem Moment völlig unwichtig. Ich wusste, dass meine Leistung gut war und hätte sie auch verteidigt. Das Schulamt jedoch ließ darüber nie mehr etwas von sich hören.

Hier muss ich aber doch einen Vergleich mit der Zeit vor der Wende treffen. So etwas wäre an meiner damaligen Schule undenkbar gewesen. Ganz bestimmt hätte ich Hilfe erfahren und wäre nicht noch extra zu meinen großen Sorgen um Tobias belastet worden. Ich weiß nicht, warum ich gerade daran wieder denken muss. Sicherlich deshalb, weil wir glaubten, mit der Wende würde alles besser werden.

Noch am selben Tag fuhren wir nach Seesen, konnten unseren schwerkranken Sohn zwar sehen, aber nicht sprechen, weil seine Stimmbänder durch die Operation angegriffen waren.

Ich lenke meine Gedanken wieder der Vorlage zu und lese weiter:

> Wir sorgten schließlich auch für die Übersiedlung nach Suhl,
> für eine Wohnung und für einen Rentenantrag,
> der sofort bewilligt wurde. Dir wurden auf Grund
> deiner Leiden eine starke Behinderung und die
> Erwerbsunfähigkeit auf Dauer bescheinigt.
> Doch was kam dann?
> Jetzt zeigte sich, dass du, Tobias, von uns allen
> vielleicht der Begabteste war. Auf deinen hohen IQ[2] –

---

2   _Intelligenzquotient

der durch die psychischen und zunehmend auch physischen
Schäden zunächst nicht wirklich beeinträchtigt wurde -
warst du ja immer besonders stolz.
Stolz konntest du auch sein auf deine Sprachbegabung.
Obwohl du nie systematisch Sprachen erlerntest,
erlangtest du doch eine hohe Kompetenz im Englischen
(geschult sicher auch an den Beatles-Texten,
die du über Jahre in dich aufgesogen hattest),
konntest dich im Französischen verständigen,
warst auch im Spanischen kundig und versuchtest dich bei deiner
Reise durch Nordafrika zusätzlich auch am Arabischen.
Du hattest ein gutes Gefühl dafür, dass man über
die Sprache Zugang zu Menschen finden kann.
Und es beeindruckte mich immer wieder, wenn du über
Gespräche mit arabischen Hirten berichtetest,
denen du dich verständlich machen konntest.
Und in einer der Weiterbildungsmaßnahmen,
mit denen du – letztendlich vergeblich - versuchtest,
dich wieder für den Arbeitsmarkt fit zu machen,
wird dir im Englischen das Zertifikat „Ausgezeichnet" erteilt.
Nebenbei erlangtest du auch den Abschluss
als Netzwerk-Administrator, als einziger Nichtstudierter
neben Ingenieuren und Diplomingenieuren,
die mit dir die Schulbank drückten.
Den Umgang mit Musikinstrumenten
hast du dir selber beigebracht.
Die Gitarre wurde zu deinem ständigen Begleiter.
Und Country war der Rhythmus, der dich stets begleitete.

Hier kommen mir wieder Erinnerungen an die Zeit, in der sich Tobias fast ausschließlich mit der Gitarre unterwegs bewegte. Ich weiß noch, wie entsetzt ich war, als ich erfuhr, dass er sich als Bettler – er nannte es Straßenmusiker – an den Straßenrand stellte, zunächst in entfernter gelegenen Orten, aber später auch in Suhl.

Wenn ich dann in seine Bude kam, um Ordnung zu schaffen, sah er das gar nicht gern. Später aber, als er vom Wein zum Bier und vom Bier zum Rum übergegangen war, ließ er auch das über sich ergehen und spielte mir manchmal auch was vor. Es war schlimm, mit ansehen zu müssen, wie sich der eigene, einstmals gebildete Sohn kontinuierlich kaputt trank, immer mehr seinen eigenen Körper zerstörte oder bei Schlägereien zerstören ließ. Da halfen auch keine aufklärenden Gespräche, oft wurde ich beschimpft, aber manchmal wollte er mir es auch erklären, warum er so handelte: „Das brauch ich gegen die Schmerzen", oder „Sonst kann ich nicht schlafen, das Leben hat sowieso keinen Sinn mehr."

Ich vertiefe mich wieder in die Trauerrede:

> Deine größte Leistung, Tobias, ist in meinen Augen
> aber das 700-seitige Manuskript, in dem du deine Erlebnisse
> während der Tramptour durch Afrika beschrieben hast.
> Dieses Werk kam aus dem Nichts, wie eine Eruption, zustande.
> Vorher gab es keine literarische Ausbildung,
> keine literarischen Versuche (mit einer kleinen Ausnahme!),
> keine Teilnahme an literarischen Zirkeln,
> und auch danach kam nichts mehr,
> konnte nichts mehr kommen,
> weil deine Ressourcen aufgebraucht waren.
> Aber was wäre dir alles möglich gewesen?

Friedrich Ani, ein mehrfach ausgezeichneter Autor
von Kriminalromanen aus München,
dem Krimhild und ich bei einer Lesung in Weimar begegneten
und dem wir das Manuskript zum Lesen gaben,
urteilt wie folgt:

„Was nun das Manuskript „Ich bin kein Tourist!" anbelangt, so muss ich zunächst sagen, wie sehr ich die Genauigkeit der Beschreibung und die Klarheit des Stils bewundere. Es ist.. eine kluge, sehr persönliche Art von Journalismus, mit der der Autor seine Liebe zu den Menschen und seine unvoreingenommene Neugier den Orten gegenüber fabelhaft demonstriert.

Er kann nämlich formulieren, traut sich, Gefühle zu beschreiben und er besitzt offenbar eine natürliche Distanz zum Gegenstand, um den es geht, und das sind gute Voraussetzungen für einen weiteren Weg."

Nur, zu diesem weiteren Weg warst du nicht mehr in der Lage.
Zu sehr waren Geist und Körper zerstört,
auch deine „Urgesundheit", die dich so lange überleben ließ,
half dir nicht mehr weiter.

Ja, da war sein Manuskript, betitelt „Ich bin kein Tourist!". Als wir damals nach der langen Tramptour bei den Besuchen im Krankenhaus ihm vorschlugen, doch einmal alles aufzuschreiben, was er in Afrika erlebt hat, hatten wir nicht geahnt, das so ein großes Talent in ihm schlummerte. Obwohl seine Konzentrationsfähigkeit bereits stark abgenommen hatte, kam es dann zu dem umfangreichen Buchmanuskript, das noch auf eine Veröffentlichung wartet.

In der Trauerrede findet Jürgen weitere lobende Worte:

Tobias, dein Leben als das eines Trinkers und Penners
zu beschreiben, ist zu einfach, zu oberflächlich
und zu Unrecht diskriminierend.
Auch ein Sozialschmarotzer warst du nicht.
Und Straßenmusiker war für dich nichts Ehrenrühriges.
Andere an deiner Stelle – dafür gibt es viele Beispiele –
hätten nach diesen wie Bomben einschlagenden Schicksalsschlägen
eher resigniert, hätten frühzeitiger einen Rentenantrag
gestellt und hätten, wie du es mitunter so treffend formuliert hast,
„mit einem Glas Bier in der Hand die Füße
vor dem Fernseher hochgelegt".
Das war nicht dein Stil. Du hast bis zum Schluss versucht,
ein eigenständiges Leben in Freiheit zu führen,
in deiner Welt, die oft nicht die unsere war,
du hast bis zum Schluss versucht, deine Ziele zu erreichen,
obwohl es dir immer schwerer fiel.
Und als bei dir die Erkenntnis reifte,
dass bald nichts mehr geht,
bist du dem Tod immer näher getreten.
Nach einem Herzstillstand konntest du noch einmal
mit aller ärztlichen Kunst reanimiert werden.
Deine Versuche, mit Hilfe von Alkohol
aus dem Leben zu scheiden, misslangen
und wurden danach durch die Einweisung
in eine sog. beschützende Einrichtung zunächst verhindert.

Das waren immer wieder Angsthöhepunkte in meinem Leben. Einmal, wie des öfteren, wurde ich von seiner damaligen Betreuerin Frau Kroll gebeten, die Sachen für ein Krankenhaus zu packen, wo er erneut auf der Intensivstation gelandet war.

Diese Aufenthalte wurden immer häufiger und gefährlicher. Ich sehe es noch vor mir. Da lag Tobias wie tot in dem eingegitterten Bett, festgeschnallt und vollkommen entstellt. Wieder spürte ich das Angstgefühl in der Magengrube, wieder wollten mir die Beine weg sacken. Bei einem der Besuche, man musste sich immer mit der Klingel anmelden, dauerte es besonders lange, bis uns jemand auf die Station ließ. Auch hier warteten wir unverständlicherweise noch bange Minuten, ehe ein Arzt zu uns kam. Zögernd erklärte er uns, dass ein Herzstillstand stattgefunden hatte und Tobias reanimiert werden musste. Ausgang ungewiss!

Weil es so schlimm um ihn stand, benachrichtigten wir Andreas und auch Sven, den ältesten Sohn von Tobias, mit seiner Mutter Andrea. An die beiden Kinder aus der Ehe, Max und Jana, hatten wir in diesem Moment gar nicht gedacht. Der Kontakt zu ihnen war völlig abgerissen, nachdem wir es leid waren, wenn unsere Briefe und unsere Geschenksendungen an sie immer unbeantwortet blieben.

Als Sven seinen Vater besuchte, ging es diesem schon wesentlich besser und sie versprachen einander, sich bald bei einem in der Nähe stattfindenden Wasserballturnier, bei dem Sven mit seiner Bundesligamannschaft dabei sein würde, zu treffen. Dazu konnte es natürlich nicht kommen, denn unser Bemühen um eine Wendung zum Guten in der folgenden Zeit blieb erfolglos.

Dieses Mal dachten wir, würden die Bemühungen der behandelnden Ärztin und ihre guten Ratschläge bei den Gesprächen mit uns dazu führen, Tobias nicht wieder allein in seine Wohnung zu lassen. Wir verabredeten einiges und waren auch zur Abholung bereit, um einen Rückfall in den Alkohol zu verhindern. Als wir zum verabredeten Termin in das Krankenhaus kamen, hatte man unseren Sohn schon seiner Betreuerin, Frau Kroll, übergeben, die ihn einfach zu Hause absetzte.

Wir waren entsetzt und wütend. Aber uns ging es oftmals so. Unsere Hilfe als Eltern hat man gern in Anspruch genommen, ansonsten hatten wir nichts zu sagen.

Jetzt ist ja sowieso alles zu spät und vorbei, denke ich, während ein Weinkrampf das Weiterlesen verhindert. Ich muss mich noch etwas beruhigen und kann das Lesen doch nicht lassen.

Immer mehr hast du mit aller Deutlichkeit
das Dilemma erkannt,
aus dem es für dich offenbar keinen Ausweg mehr gab;
Ein normales, selbstbestimmtes Leben gelang dir nicht mehr.
Und die Entmündigung in den beschützenden Einrichtungen,
die bei dir zu traumatisierenden Erlebnissen
in den Psychiatrien Niederbayerns führten
und in denen nach deinen Worten nur Tote herum laufen,
wolltest du unter allen Umständen verhindern.
Möglicherweise hätte eine rechtzeitige Übersiedlung
nach Neuroda oder jetzt eine gezielte Behandlung
deiner Depressionen noch einen Ausweg gewiesen.
Doch da versagten die Stellen, in deren Verantwortung
diese Maßnahmen lagen, sträflich.
Tobias, trotz deiner Verzweiflung hast du deinen letzten Weg
zielgerichtet vorbereitet und du bist ihn –
so makaber das klingen mag –
mit einem für mich unvorstellbarem Mut
und mit tödlicher Konsequenz gegangen.

Du hast bis zum Schluss selbstbestimmt gelebt und gehandelt.
Die Vorbereitungen auf den schrecklichen
Sprung in den Tod nahmen zu.
Am 4. Juli hattest du es zum ersten Mal ernsthaft versucht.
Polizei und Feuerwehr, zu Hilfe gerufen
von einer wachsamen Bewohnerin,
konnten es im letzten Moment verhindern.
Dem Facharzt im Klinikum Kirchheim hast du dann aber
vorspielen können, dass keine Suizidgefahr mehr besteht.
Er hat dich entgegen unseren verzweifelten Einwänden entlassen.
Bei unserem letzten Treffen in deiner „Gruft",
wie du sie nanntest, hast du auf mich
einen sehr ruhigen, sehr gefassten,
fast schon weltabgewandten Einruck gemacht.
Entgegen deinen sonstigen Gewohnheiten
warst du gut gekleidet, mit sauber gestutztem Bart.
Meist hast du durch mich hindurchgeschaut
wie in eine unergründliche Ferne.
Du antwortetest kaum auf meine vielen Vorschläge,
sagtest nur leise „Ich habe keine Kraft mehr"
und schließlich, beim Abschied, „Danke!"
Das galt uns beiden, Krimhild.
Heute weiß ich, wie ich alles zu deuten habe.
Es war ein Abschied für immer. Und du wusstest,
um es mit einem deiner Lieblingssongs auszudrücken:
It´s now or never! Damit müssen wir leben.
Und ich habe aus deinem Leben und aus deinem Sterben gelernt:
Du warst etwas Besonders, ein ganz Besonderer, Tobias.
Fare-well!

Gedankenverloren sitze ich da. Das erste Mal fast, dass ich mit den Vorbereitungen auf Freitag innehalte.

„Mach dir keine Vorwürfe", höre ich immer wieder von verschiedenen Leuten, „du konntest ihm nicht helfen!"

„Das weiß ich, und trotzdem", denke ich. Es tut mir so unendlich leid, wie ich Tobias manchmal behandelt habe, wenn ich mich über seinen verstreuten Tabak aufregte oder wenn ich ihn zum Duschen zwang, weil er es mal wieder von abends auf morgens verschoben hatte und dann beteuerte, dass er es gestern Abend schon gemacht habe. Wie unwichtig erscheint mir das jetzt und wie gemein war ich zu ihm, so denke ich immer wieder. Meine Tränen fangen von Neuem an zu fließen. Ich erinnere mich aber auch daran, wie Renate, unsere Nachbarin, sich freute: „Das ist so schön anzusehen, wie Tobias sich bei euch erholt!"

„Ja", dachte ich dann auch, wenn er mit Boris, unserem schwarzen Kater, spazieren ging, „nur mit einer Krücke." Und schon wieder ärgere ich mich, dass ich darüber gemeckert hatte, weil der Arzt das Gehen mit beiden Gehhilfen ausdrücklich angeordnet hatte.

Ein anderes Bild steigt in mir auf, als Tobias das erste Mal auf dem Hochhaus stand und uns anrief. Aufgeregt fuhren wir die fünf Minuten dorthin und setzten ihn in unser Auto. Wie hat er da geweint!

„Wenn du nicht betrunken wärst, würden wir dich jetzt mit zu uns nach Hause nehmen", antworte ich auf seine Frage „Wohin?"

„Aber so bringen wir dich nach Falkenstein."

In dem Fall war die Entscheidung, ihn dorthin zu fahren, ja gut, denn alle seine Klamotten standen teilweise noch unausgepackt nach dem Umzug aus seiner Einzimmerwohnung in Martinroda hier herum. Mit großem Einsatz brachten Jürgen und ich in zwei bis drei Stunden alles an seinen Platz. Wir waren etwas verärgert, denn Frau Zolem hatte zugesagt, mit Tobias gemeinsam auszupacken, um besser an ihn heranzukommen, wie sich sich ausdrückte.

„Na ja, sie muss ja auch erst mal feststellen, wie er so tickt", dachte ich. Während wir arbeiteten, ging es Tobias sehr schlecht. Und sein Nachbar beschwerte sich auch noch über die verschmutzte Toilette.

Damals nahmen wir den angedrohten Sprung vom Hochhaus nicht so ernst, empfanden ihn eher als Erpressung. Trotzdem baten wir umgehend bei Dr. Kehlen um Hilfe wegen der zu vermutenden Depressionen. Dieser Neurologe sagte sofort Hilfe zu und versprach, uns mit einer Einweisung in ein geeignetes Krankenhaus zu unterstützen. Er hat uns auch früher in Notfällen immer geholfen. Mit Dankbarkeit denke ich daran zurück. Aber nun ist es zu spät.

Jürgen findet mich gedankenverloren und verweint in meinem Zimmer. Er sieht gleich, was in mir vorgeht und nimmt mich in die Arme.

„Wir hätten ihn hier behalten müssen!" rufe ich schluchzend.

„Du weißt doch, dass das nicht ging", antwortet er tröstend. „Tobias wollte nicht für immer bei uns bleiben, er wollte selbständig sein".

„Ja," entgegnete ich, „dabei hatte ich so große Hoffnung, dass er es wenigstens eine kurze Zeit schaffen würde. Er hat doch hier manchmal beim Kochen geholfen und ich hatte ihm noch Pläne für die ersten Tage gemacht und sogar Lebensmittelvorräte in seine Küche gebracht."

„Ja, seine Küche", erinnert sich Jürgen jetzt. Wir denken nun beide an den letzten schlimmen Unfall in Tobias' kleiner, neu eingerichteten Wohnung in Martinroda. Nur von Montag bis Freitag war er dort auf sich allein gestellt.

„Du musstest nach Arnstadt zur Behandlung," sagt Jürgen zu mir.

Wir wollten auf dem Rückweg bei Tobias Station machen, um zu sehen, wie er zurechtgekommen ist.

„Ja, das war schlimm," antworte ich, erneut in Tränen ausbrechend. „Die Blutspur führte uns vom Hauseingang direkt in seine Wohnung."

Ich sehe ihn wieder vor mir, schmutzig und blutverschmiert. Ich konnte es nicht fassen: „Was ist in den paar Tagen bloß vorgefallen?".

Aufgeregt kam die Nachbarin die Treppe hoch gelaufen, erinnere ich mich. „Ich war Krankenschwester und habe ihrem Sohn schon gesagt, dass das genäht werden muss, sonst verliert er den Finger", ruft sie aufgebracht, auf seine notdürftig verbundene rechte Hand zeigend, aus der das Blut sickerte.

Wir bedankten uns kurz und erfuhren nun so nach und nach, dass Tobias sich in seiner Miniküche scheinbar vor einem Sturz schützend, an einer schlecht verarbeiteten Abdeckplatte festhalten wollte und dabei sein Finger fast abgetrennt wurde. Er war also wieder betrunken.

„Ich weiß noch, dass Tobias protestierte, als ich die Rettungsstelle und später die Betreuerin anrief", erinnere ich mich. „Ach, das ist der Mann, zu dem wir heute schon einmal gerufen wurden" erfahre ich, „der will sich nicht helfen lassen". „Aber er ist betrunken", rief ich aufgebracht."

„Wenn er nicht will, können wir nichts machen," wimmelte der Diensthabende mich ab. Es war grausam. Tobias lag auf seiner schmutzigen Matratze und betäubte sich mit Rum.

„Immer wenn du ihm die Flasche weggenommen hattest, ich war am Telefon beschäftigt, hatte er schon wieder eine neue in der noch gesunden Hand," entsinne ich mich. „Und durch diese Kämpferei blutete es immer heftiger durch den gelösten Verband", sagt Jürgen nun auch aufgeregt, als er an diese furchtbare Situation denkt.

„Und dann auf einmal, als du endlich die Betreuerin an der Strippe hattest, ging alles ganz schnell," fährt Jürgen fort und hat, wie damals, Tränen in den Augen.

„Mit vier Mann vom Rettungsdienst wurde er, auf einer Trage angeschnallt, nach unten gebracht und mit Signalton ging es zunächst Richtung Arnstadt."

Als wir dort im Klinikum nachfragten, war er schon operiert und in die geschlossene Einrichtung des Klinikums Langensalzungen verlegt worden, wo wir ihn dann regelmäßig besuchten.

„Und da hatte man doch auch dort, wie ich vom zuständigen Chefarzt erfuhr, das Korsakow-Syndrom und die Depression festgestellt und empfohlen, ihn nur in eine geschlossene Einrichtung zu entlassen", empört sich Jürgen jetzt sehr, „was sollte denn noch passieren?"

„Und die Einrichtung, ganz in unserer Nähe, mit dieser liebevollen Umgebung", rufe ich, „das hätte genau gepasst. Frau Zolem hat ja recht, wenn sie sagt, dass ein Kranker mit Depressionen auch unter Palmen in der Sonne nicht glücklich sein kann."

Eine kleine Minute Stille entsteht, als ich mich schon wieder empöre: „Dabei haben wir das Sozialamt und den Sozialpsychologischen Dienst schon eine Woche vor dem Einzug in Martinroda um Fürsorge und Hilfe gebeten, weißt du noch?"

Die „nette" Frau Fromm vom Sozialamt, wir, Tobias und Frau Dr. Hocke trafen uns in der neuen Wohnung. Letztere hatte auch wirklich ernste Bedenken gegen ein selbständiges Wohnen geäußert und damit auch unsere Befürchtungen bestätigt. Nun forderte die Dame vom Amt Tobias auf, sich zu äußern: „Wie stellen sie sich denn die Hilfe vor?" Auf das Angebot, in kleinen Abständen jemand nach ihm sehen zu lassen, reagierte Tobias etwas skeptisch. „Wenn sie nicht öffnen, wenn es klingelt, würde diese Hilfskraft wieder weggehen," sagte sie beschwichtigend.

„Das verstehe ich bis heute nicht. Wie kann ein psychisch kranker Alkoholiker das richtig einschätzen, ob und wann er Hilfe braucht?" Ohne Entscheidung gingen wir auseinander. Hilfe wurde nicht gewährt.

Und von seiner Betreuerin nach wie vor keine Spur. Wir glauben beide, dass sie über das ursprüngliche Ziel, Tobias nach Neuroda zu bringen, weit hinausgeschossen ist, als sie seine Freilassung erwirkte. Und anstatt sich dann wenigstens nachhaltig um ihn zu kümmern, überließ sie uns alle Arbeit und schließlich musste sie uns auch um die Aufnahme von Tobias bitten, als er von dem betreuten Wohnheim auf die Straße gesetzt und mit all seinen Sachen bei ihr im Büro abgeliefert wurde.

„Nur für eine Nacht", ließ sie ihre Sekretärin telefonisch bitten. Daraus wurden zwei volle Monate!

Mit diesem Gedankenaustausch wollen wir unsere Erinnerungen beenden. Ich bemerke aber noch:

„Wieder war Tobias fast tot. Er hatte doch 4,8 Promille. Ich möchte mal wissen, was die gemacht hätten, wenn wir alles so gelassen hätten. Die Wohnung voller Blutlachen, und dann später der Umzug und alles was damit zusammenhing?" „Das kann ich dir sagen", antwortet Jürgen etwas zynisch, „da hätte Tobias von den Reinigungs- und Umzugsleuten eine dicke Rechnung bekommen!"

Ich sehe mich heute noch auf der Fahrt nach Suhl verzweifelt weinen und wieder mal mit den Kräften vollkommen am Ende nach dem zermürbenden Arbeitseinsatz in der Martinrodaer Wohnung im Auto neben Jürgen sitzen, der beim Fahren versucht, mich mit streichelnder Hand zu beruhigen.

Abschied

Es ist alles soweit vorbereitet für morgen, den Trauertag am Freitag. Heute bringt Rita den Kuchen. „Das ist viel zu viel," rufe ich erstaunt. „Ich dachte, du kommst morgen und bleibst dann gleich mit da," sage ich weiter und freue mich natürlich über die Hilfe. „Nein, bleibt ihr mal lieber unter euch, mit euren Verwandten, wir kommen dann extra später."

Die Trauerfeier ist um 15 Uhr angesagt. Nach und nach trudeln nun auch alle zum Mittag ein, Andreas mit Marion, Michel, unser Neffe, der Sohn von Grete, mit seiner Irina, seine Schwester Katrin aus Quedlinburg mit ihrem Matthias, fast gleichzeitig kommen Sven und Max, die Halbgeschwister, vorgefahren. Zu meinen zwei Suppen mit Würstchen wird unterschiedlich, viel oder wenig, zugegriffen.

Am Friedhof wartet schon unsere Nichte Mandy aus Erfurt, die Tochter meines verstorbenen Bruders, mit ihrem Lebensgefährten Hartmut. Sie hat meine einzige noch lebende Schwester Sigrun mitgebracht, die von Berlin aus bei ihr Station machte. Außerdem kommen noch Mandys Bruder Markus mit seiner Frau Alexa aus Lenzen hinzu.

Ein paar wenige Bekannte und Freunde, meine Nachbarn und natürlich Frau Zolem, die Leiterin des Pflegeheims Sanitas aus Falkenstein. Mehr wollten wir auch nicht dabei haben, die Plätze des kleinen Feierraumes reichen gerade so aus.

„Es ist gut, dass ich die Kaffeetafel im Keller, in unserem Hobbyraum, gedeckt habe," denke ich, „bei der Hitze würde der Sonnenschutz nicht ausreichen. Wir können dann immer noch an die frische Luft gehen."

Vollkommen in Gedanken versunken befinde ich mich nun auf meinem Platz in der ersten Reihe, Andreas und Jürgen neben mir. Ich achte darauf, dass Gerina ziemlich weit vorn sitzen kann, damit sie als Sprecherin gleich da ist.

Plötzlich schaue ich nach vorn. Der Sarg, geschmückt mit weißen Chrysanthemen und oben blau leuchtende Disteln aus meinem Garten, dazu im Kontrast die wunderschönen großen Sonnenblumen vom Pflegeheim. Ich bin auf einmal überrascht, obwohl wir ja alles so bestellt und arrangiert haben. Jetzt erst wird mir so richtig bewusst, was um mich herum passiert. Bis zu diesem Moment war ich in Bewegung und musste an alles denken. Nun darf ich nur noch still sitzen und kann nichts mehr machen.

Da liegt mein Kind, denke ich, und fange leise an zu weinen. Die schöne Musik, Gerinas einfühlende Worte, Jürgens Rede, alles lasse ich ruhig auf mich einwirken. Nur als ich die flotte Countrymusik und den Sänger mit der kratzigen Stimme höre und die Worte „Last train ...", schüttelt mich ein Weinkrampf. Das ist Tobias! Und ihn haben wir verloren. Unfassbar!

Endlich wird meine Aufmerksamkeit auf Andreas gelenkt, der nach vorn geht, um seine Rede zu halten. Ergriffen höre ich zu, als er beginnt, und achte gespannt auf seine Erinnerungen, staune über das Verhältnis zu seinem Bruder und über die Erlebnisse mit ihm:

> Seit letzter Woche kreisen die Gedanken in meinem Kopf um mein Leben mit meinem Bruder Tobias. Dieses gemeinsame Leben liegt schon Jahrzehnte zurück. Es sind auch nur einzelne Gedankensplitter, ungeordnete Fragmente, völlig losgelöste Erinnerungsfetzen an unsere gemeinsame Kindheit und Jugend. Gern würde ich jetzt – nach dem Motto: „Weißt Du noch ...?" – diese Gedanken

mit Tobias direkt austauschen. Und, wer weiß, vielleicht geht das ja auch irgendwie. So werdet Ihr, werden Sie verstehen, dass ich in den folgenden Gedanken Tobias direkt anspreche.

Als wir am letzten Donnerstag von Suhl in Richtung Falkenstein fuhren, um Deinen letzten Zufluchtsort aufzusuchen, kamen wir an einem Wegweiser vorbei, der mir ins Auge stach: Ja richtig, hier geht es ja nach Oberweide! ... Oberweide, wer kennt schon Oberweide? Ich! Ich kenne diesen kleinen Ort hier gleich um die Ecke sehr gut. Seit meinem zwölften Lebensjahr hat dieser Name in meinen Ohren einen besonderen Klang. Ein Hauch von Abenteuer liegt für mich in diesem Wort. Und das hat mit Dir zu tun. Was hab ich Dich bewundert, als Du Wochenende für Wochenende nach Oberweide aufbrachst? Was hab ich Dich beneidet, als Du mir an langen Abenden von diesen Wochenenden erzähltest. Segelfliegen! Mein großer Bruder sitzt ganz allein in so einer Kiste und fliegt! Eine atemberaubende Vorstellung ... Ich lernte mit Dir – erfuhr, wie man unter dicken Haufenwolken die Thermik ausnutzend in großen Kreisen immer wieder neu an Höhe gewinnen kann – hörte mit Erstaunen, dass es im Gegensatz zu der Anmutung aus unserer Froschperspektive im Cockpit richtig laut ist – und lernte jede Menge technische Daten, die ich heute alle vergessen habe. Aber das größte Abenteuer, von dem Du mir heimlich flüsternd erzähltest, hatte gar nichts mit dem Segelfliegen zu tun. Das waren eure nächtlichen Ausfahrten mit den Mopeds.

Natürlich heimlich. Natürlich ohne Führerschein. Natürlich querfeldein ... Das Ziel: Hasen jagen.

Andere haben das Bild einer fahrenden Harley im Kopf, wenn es um grenzenlose Freiheit und mehr oder weniger erfüllte Jugendträume geht, ich habe diese Erinnerungen. Oder auch: einige Jahre früher. Ich weiß nicht warum, aber ich verbinde diese Erinnerung mit dem Balkon unseres Wismarer Hauses. Den Balkon betrat man über unser gemeinsames Kinderzimmer. Ich befand mich auf diesem Balkon. Das Wetter zeigte sich von der besten Seite. Es war ein schöner warmer Frühsommertag. Ferien oder Wochenende. Und ich war sauer. Du hattest gerade die Erlaubnis bekommen, allein mit dem Fahrrad Deinen Freund zu besuchen und ich durfte Dich nicht begleiten. Ich weiß nicht mehr, wie er hieß und ich weiß auch nicht mehr in welchem Dorf er wohnte. Aber dass es zu einem der angrenzenden Dörfer ging, weiß ich noch genau. Es war weit – in meiner Vorstellung unendlich weit – weg und es roch natürlich wieder nach Abenteuer. Dein neuer Freund ist nach der vierten zu Euch in die Klasse gekommen. (So war das üblich: die ersten vier Jahre Unterstufe auf den Dörfern und ab der Fünften dann gemeinsamer Unterricht in der POS[3] in Wismar. Wie und warum ihr zueinander gefunden habt, weiß ich nicht mehr. Aber was ich noch recht genau in Erinnerung habe, ist die Vorstellung, die ich auf unserem Balkon sitzend – angeregt durch Deine Erzählungen über frühere Besuche – davon hatte, wie es

---

3   _Polytechnische Oberschule

bei diesem Freund zugehen müsse: großer Bauernhof mit jede Menge Tieren, Pferde zum Reiten, Toben im Heu so viel man wollte, Luftgewehrschießen ohne ängstliche elterliche Aufsicht … und da sollte ich nicht dabei sein.

Mit diesen Gedanken stand ich auf dem Balkon, während Du Dein Fahrrad aus der darunter befindlichen Garage holtest. Genau kann ich mich an die Einzelheiten nicht mehr erinnern, aber irgendwie muss ich es nach längerer Diskussion mit Quengeln und Betteln geschafft haben, das Herz von Dir, liebe Mutti, so zu erweichen, dass Du mich doch mitfahren lassen hast. Sehr zum Leidwesen Deines Großen, der nun mit mir im Schlepptau nur noch das halbe Abenteuer genießen konnte. Eventuell hast Du, Tobias, auch befürchtet, dass die Realität mit der einen oder anderen Ausschmückung des märchenhaften Bauernhofes in Deinen Erzählungen doch nicht ganz mithalten würde. Wenn es so war, so waren diese Befürchtungen unbegründet. Dieser Nachmittag hat sich mir genauso eingeprägt, wie ich ihn mir vorher ausgemalt hatte. Als ein einziges großes Jungen-Abenteuer.

Weitere Erinnerungen: unsere Fahrrad-Cross-Fahrten durch den nahen Wald, das Klettern auf die höchsten Bäume, unsere Baumhöhle zwischen den Birken im Garten, die Kiesgrube … Was ich an Dummheiten gelernt und riskanten Unternehmungen gestartet habe, das habe ich in dieser Zeit von Dir gelernt und mit Dir getan. Aber was ich eben auch dabei gelernt habe, ist, dass nicht alle riskanten Abenteuer gut ausgehen, dass auch einmal etwas schief gehen kann, dass Unfälle passieren können. Nur während Du diese Erfahrungen fast immer am eigenen Leib machen musstest, hatte ich das Glück meist auf meiner Seite.

Die Entwicklung des Musikgeschmacks meiner frühen Jugend war eine reine Kopie. Du bekamst mit 14 Deine erste Musikkassette geschenkt. (Ich weiß es noch wie heute: eines der legendären Geschenke von Tante Christel und Onkel Heinz – Flower Power: I shot the sheriff von Clapton, der „Stottersong" von Bachmann, Turner, Overdrive oder der tieftraurige „Anti-love-Song" von Nazareth: Love hearts …) – damals begann ich, jedem, ob er es hören wollte oder nicht, zu erklären, wie zurückgeblieben der Geschmack meiner Klassenkameraden doch sei. Abba , Rubbets, Smokie? Das war von vorgestern.

Du entdecktest für Dich die Beatles – ich wurde Beatles-Fan. Dein Geschmack veränderte sich in Richtung Hardrock – ich fand dann Deep Purple und Led Zeppelin gut. Du interessiertest Dich für elektronische Experimente – ich brauchte ganz dringend das Emerson-Lake-and-Parmer-Logo, welches wir beide mit viel Kraft, Papier und Tusche ebenso selbst anfertigten wie die Poster über unseren Betten: du die Stones und Hendrix, ich die Beatles.

Wenn es nicht unüberwindbare technische Probleme gegeben hätte, wären hier heute drei andere Musikstücke gespielt worden: zunächst: „Stairway to heaven" von Led Zeppelin und dann natürlich die Beatles:

irgendwas von „Deiner" LP, der Sergant Pepper, wahrscheinlich „Lucie in the sky with diamants" und natürlich „Let it be"! „Wen I find myself in times of trouble, mother Mary comes to me, speaking words of wisdom: "Let it be!" ... (wenn ich gerade traurig bin, findet Mutter Mary kluge Worte für mich: „Lass es geschehen")
Natürlich gab es auch Welten, in die ich Dir nur begrenzt folgen wollte oder konnte. Ich habe nie wie Du versucht ein Transistorradio zu bauen, war einfach zu unmusikalisch, um mich wie Du an einem Instrument zu versuchen, und habe auch erst viel später gemerkt, dass ich mit Dir auch das Talent zum abstrakten Denken, logischen Kombinieren und die Vorliebe für komplexe Strukturen teilte. In den frühen Jahren war immer klar: Ich bin der weiche Künstlertyp, Du bist eher für die realen, messbaren Fakten zu haben: Physik und Mathematik.

Später nach dem schlimmen Unfall, der alles veränderte, war es aber gerade diese Neigung, die noch eine Brücke zwischen unseren nun extrem unterschiedlichen Welten ermöglichte. Zunächst erinnere ich mich da an die Episode im Krankenhaus in Lauscha. Ich besuchte Dich das erste Mal allein. Zwar hattest Du Dich schon wieder ins Leben zurückgekämpft, das Koma lag schon einige Wochen zurück, aber Du hattest gerade erst begonnen, alles wieder zu lernen. Das ging sehr schleppend. Und dann die Überraschung bei meinem Besuch: Du fragtest völlig unvermittelt, aber absolut klar: „Na, wie ist die Mathe-Arbeit gelaufen?" Welche

Mathe-Arbeit? Inzwischen steckte ich schon in den Prüfungen … Aber ja, richtig: Du hast mir ja kurz vor dem Unfall beim Büffeln geholfen und ich hatte endlich die Integralrechnung so halbwegs kapiert. Ich habe die Integralrechnung zwar nie wieder gebraucht, aber ich bin Dir dankbar für diese Hilfe und für diese Erinnerung.

Später, als wir uns nur noch selten sahen, beschränkte sich dann diese Brücke auf das Schachspiel. Ich habe keine Statistik geführt, aber ich glaube, Du hast mich fast immer geschlagen.

In den nächsten Jahren gingen wir getrennte Wege. Jeder richtete sich ein. Zunächst mal versuchten wir uns beide an dem, was man wohl bürgerliche Existenz nennen könnte. Aber Dir ist es mehr und mehr schwer gefallen, mit dieser Welt zurecht zu kommen, während ich mir ein vermeintlich stabiles Leben aufbaute.

Einmal, es ist jetzt ca. fünf Jahre her, kamen wir uns noch einmal recht nah, als Du während einer Deiner zahlreichen Tramptouren unvermittelt bei mir in der Deutschen Bücherei auftauchtest. Wir beide müssen ein groteskes Bild abgegeben haben – in der Physiognomie so ähnlich, in der äußeren Erscheinung so unterschiedlich … Ich mit Jeans, T-Shirt und Jackett, Du unrasiert, mit Deiner Tramp-Kluft, den längst verschlissenen Schuhen, die niemals weggeworfen werden durften und dem legendären Hut, ohne den beim Trampen gar nichts ging.

Und so setzten wir uns von neugierigen Blicken begleitet in unsere Cafeteria. Ich befand mich in dieser Zeit in einer sehr zwiespältigen Situation. Einerseits hatte ich gerade meine große Liebe gefunden, anderseits kämpfte ich mit Selbstvorwürfen, weil ich mein eigenes Lebensmodell nicht durchgehalten hatte. Als wir uns darüber unterhielten und ich sagte, wie schwer es sei, vor allem für meinen Kinder nicht mehr da sein zu können, sagte ich unter anderem auch „dabei sind doch die Kinder das Beste, was wir beide je zustande bekommen haben". Damit hatte ich aber bei Dir einen ganz wunden Punkt getroffen und Du wolltest mir das nicht bestätigen. Zu tief waren wohl Deine eigenen Verletzungen, zu groß Deine Verunsicherung bezüglich Deiner Vaterrolle ... Aber doch, Tobias, ich bleibe dabei: Drei junge Erwachsene, gesund und mit beiden Beinen im Leben stehend – das ist das, was weit über unsere Erinnerungen hinaus vor allem von Dir bleiben wird. Und das ist gut so.

Eine letzte Erinnerung: Der bis dahin schlimmste Absturz. Intensivstation in Arnstadt. Dein Leben am seidenen Faden. Ich kam, um mich zu verabschieden. Doch Dein robuster Körper hat auch diesen Absturz überlebt. Ich war mit Mutti zusammen bei Dir. Du warst kaum in der Lage, mit uns zu kommunizieren. Ich selbst fühlte mich so hilflos, so nutzlos, wusste nicht wie ich Dir helfen sollte. Eine Mutter ist da anders. Sie tat instinktiv das richtige. Das Kissen in die richtige Stellung, einen kühlenden Lappen für die Stirn und ein paar Streicheleinheiten für die entblößten Arme und Beine. Und dann kam von Dir die Reaktion, die sich mir so versöhnlich eingeprägt hat. Du zeigtest Dankbarkeit für diese kleinen Gesten.

Über zwei Jahre später begegneten wir uns dann ein letztes Mal hier in Suhl. Sie war überlagert durch so viele anderen Gefühle, Gespräche, Streits und Ängste, und es fiel Dir so schwer, sie offen zu zeigen, aber ich erkannte sie wieder in versteckten Gesten und kleinen Bemerkungen. Deine Dankbarkeit dafür, dass Du wieder einmal aufgefangen wurdest. Es blieben nur zwei Monate im Winter diesen Jahres, in denen Du Dich noch einmal zwar bevormundet, aber eben auch beschützt und behütet fühlen konntest. Wie schon so oft zuvor waren unsere Eltern der Rettungsanker in größter Not.

Du lieber Vati, schafftest es über Jahrzehnte immer wieder aufs Neue, ein Netz von Hilfen um Tobias aufzubauen und Du, liebe Mutti, warst für Tobias, auch wenn er es Dir zu selten sagen konnte, ein Leben lang die Mother Mary, die für ihn da war in den times of trouble. Dafür bin ich euch sehr, sehr dankbar.

„Schön hast du das gesagt," denke ich. Die letzten Worte von Gerina, die leise Musik zum Schluss und schon muss ich wieder bereitstehen, als mich und Jürgen alle drücken und tröstende Worte sprechen.

Zu Hause bei der Kaffeetafel, der Nachmittag anschließend im Freien, die Gespräche gleiten vorbei und werden von mir kaum wahrgenommen. So nach und nach müssen uns auch schon wieder einige verlassen. Jeder bekommt noch etwas von dem wunderbaren Gebäck eingepackt, zum Abendbrot sind nur noch die

Enkelkinder da und Mandy und Hartmut. Die Guten wollen auch noch für uns zum Trost hier übernachten. Auch Sven schläft hier, er will erst am nächsten Tag nach Teltow zurück, während Max sich als letzter verabschiedet und die kurze Strecke nach Artern mit dem PKW vor sich hat, wo er bei seiner Mutter bleiben kann. Am nächsten Tag, als wir mit Sven allein sind, fahren wir noch in Tobias kleine Wohnung nach Königsee, wo er sich neben Kleinkram nur die Gitarre seines Vaters aussucht.

Auch am darauffolgenden Wochenende fahren wir mit Max und Jana, seiner Schwester, die zur Trauerfeier nicht kommen konnte, und Janas Freund, noch einmal dorthin. Ein paar kleine Andenken hat jeder gefunden. Jana nimmt ein paar Bilder aus einem Fotoalbum, auf denen sie als kleines Kind mit ihrem Vater unter dem Weihnachtsbaum zu sehen ist.

Sie staunt: „Die hat er noch nach so langer Zeit gehabt?"

Wieder zu Hause in Suhl tauschen wir Erinnerungen aus und unterhalten uns über das Studium von Jana und Max. Wir beobachten anschließend, wie Jana besonders ergriffen die Trauerrede liest. Es ist ein schöner Tag mit unseren Enkeln. Sie versprechen zum Abschied, sich bald wieder zu melden und Jana schlägt vor:

„Da ihr noch nie in München wart, könnt ihr uns doch mal besuchen. Jens und ich haben Platz in unserer Wohnung."

Nacharbeit

Nun sind wir wieder allein in unserem Haus. Ich sitze oben in meinem Zimmer und nehme noch einmal alle Erinnerungsstücke in die Hand, die Annonce aus der Zeitung, die wir ausgeschnitten hatten, die vielen Beileidsschreiben, die Sterbeurkunde, die Danksagungen und auch ein Muster der Traueranzeige, die wir verschickt hatten. Darauf lese ich noch einmal den Spruch von Ovid:

> Aufgelöst und gestillt wird
> durch die Tränen der Schmerz.

Andreas hatte die Klappkarte mit einem wunderschönen Wolkenbild über diesem Spruch gestaltet und als Ersatz dafür fand Jürgen anstelle des Wolkenbildes im Computer zwei Silberdisteln, die wir auch sehr gut für diesen Zweck verwenden konnten.

Den Vers von Ovid hatte ich gefunden und er spricht mir aus dem Herzen. Im Moment kann ich zustimmen, dass die Tränen den Schmerz lindern. Wie viel Zeit es brauchen wird, ihn zu stillen oder gar aufzulösen, kann ich jetzt noch nicht sagen.

Die Danksagungen, die am Kopf des Briefbogens auch den Distelschmuck tragen, kann Jürgen bei Bedarf mit dem Computer vervielfältigen. Es ist mir ein Bedürfnis, an alle zu schreiben, die an uns gedacht haben, die uns besuchten oder angerufen haben.

Jeden einzelnen Text mit den teilweise sehr gefühlvollen Worten lese ich noch einmal durch und versuche die passenden Dankesworte zu finden. Jürgen hilft, indem er die Schreiben an seine persönlichen Bekannten beantwortet. Wir sind über die große Anteilnahme überrascht, besonders der Menschen, die wir im Zusammenhang mit Tobias schon fast vergessen hatten. Jedes kleine Zeichen der Anteilnahme tut uns so sehr gut, auch noch verspätetes Ansprechen hilft uns etwas.

Leider mussten wir auch feststellen, dass manche, von denen wir eine andere Haltung erwartet hätten, sich gar nicht äußerten, sondern uns aus dem Weg gingen oder so taten, als wäre nichts geschehen.

„Dabei ist es doch egal, wie man es macht," denke ich, „manche Sängerinnen aus meinem Chor nahmen mich einfach in den Arm oder drückten mir auch nur still die Hand."

Aber zum Singen in den Chor werde ich in den kommenden Wochen und vielleicht sogar Monaten sicher nicht gehen können. Auch das Gitarrenspiel wird auf sich warten lassen müssen und im Moment ist sowieso noch so einiges zu regeln. Um die wenigen Möbel und Kleidungsstücke von Tobias brauchen wir uns zum Glück nicht zu kümmern.

„Sie können alles so stehen lassen, wie es ist," sagte Frau Zolem, als wir über die Wohnungsauflösung sprachen.

„Ja, und wegen der Kaution wollen wir mal in der Wohnungsverwaltung nachfragen," meint Jürgen, „vielleicht bekommen wir sie doch schon vorfristig zurückgezahlt." „Ich komme mit," möchte ich ihn bestärken, „du wolltest doch auch zum Sozialamt, das können wir gemeinsam erledigen." Wir hatten unseren Enkeln vorgeschlagen, eine Verzichtserklärung auf das Erbe ihres Vaters zu schreiben. Damit wollten wir ihnen auch die Pflichten, die man als Erbe hat, abnehmen und selber für alles aufkommen. Mit dieser Bescheinigung glaubten wir, evtl. einen kleinen Zuschuss zu den Beerdigungskosten erbitten zu können. Das war aber ein zu großer Irrtum.

Im Sozialamt legt uns der Beamte, zu dem wir uns durchgefragt hatten, eine lange Liste von Gesetzen vor, die aussagen, dass uns keine Unterstützung zustehe und im Gegenteil die rechtmäßigen Erben, also unsere Enkelkinder, alle Angelegenheiten zu klären hätten, also persönlich kommen müssten, und hören, dass außerdem dann auch Gebühren anfallen würden.

„Na, prima," denke ich, „wären wir nur nicht hergefahren." Ich ärgere mich, dass wir um Almosen gebettelt haben. „Nicht einmal ihr Beileid haben sie uns ausgesprochen," sage ich aufgebracht.

Nun geht es noch zur Wohnungsverwaltung. Da habe ich schon ein besseres Gefühl, denn die Kaution würde uns ja zustehen. Immerhin sind es rund 1000 €, die könnten wir gerade jetzt gut gebrauchen. Von den Sekretärinnen werden wir höflich aufgefordert, zu warten. Sie machen uns aber wenig Hoffnung auf eine vorfristige Auszahlung. Trotzdem bekommen wir eine Audienz bei einem der beiden Chefs. Der ist nicht ganz so höflich und lässt auch nicht lange mit sich reden. Das Statut schreibe es so vor, dass erst ein Jahr nach Kündigung der Mitgliedschaft die Kaution zurückgezahlt wird. Das wäre frühestens Ende Juni 2012.

„Aber der Mann ist tot!" rufe ich aufgeregt. Wir erfahren daraufhin, dass die Vertreterversammlung es so beschlossen hat und dass man daran nichts ändern könne. Als ich vorschlage, diesen Beschluss für so einen Ausnahmefall zu ändern, wird der Chef nun doch sehr ärgerlich. „Sie werden unsachlich", ermahnt er mich, „ihr Mann dagegen ist ruhig und höflich, der hätte das Geld evtl. schon im Januar bekommen können."

Ziemlich unsanft gibt er uns nun zu verstehen, dass wir zu gehen hätten. Ich merke, dass es Jürgen nicht gut geht. Sein Herz schlägt Alarm. Ich bringe ihn nach unten zum Auto und gehe noch mal nach oben ins Sekretariat der Wohnungsverwaltung. „Also, ihr Chef hat uns die Genehmigung nicht erteilt", sage ich betont ruhig.

„Sie bekommen dann von uns eine Aufforderung zugeschickt, um einige Formulare auszufüllen, und einen Erbschein müssten sie uns dann auch mitschicken." Ich bitte daraufhin sehr darum, das doch gleich heute zu erledigen. Die Frauen sehen sich eine Weile zur Verständigung an und haben dann doch ein Herz und vermitteln mich an die zuständige Sachbearbeiterin.

„Hier brauchte ich dann noch die Unterschrift ihres Mannes," fordert diese mich auf. „Ich laufe schnell nach unten, damit mein Mann nicht noch einmal hochkommen muss," sage ich eilig. „Aber da ist er ja schon!" rufe ich, als ich ihn im Flur entdecke.

„Wir hätten gar nicht herkommen dürfen", sage ich danach nur kurz zu Jürgen, „ich wollte dir helfen und habe nur Ärger bereitet!" Ich bin bemüht, meine Empörung zurückzuhalten und bemerke nur noch ärgerlich: „Die arbeiten hier mit Geldern von Toten!"

„Wir kommen doch auch so zurecht," beruhige ich mich selbst, „Andreas hat doch auch 1000 € beigesteuert. So kommen wir mit den Kosten klar," füge ich noch hinzu und habe ein schlechtes Gewissen, dass durch mein Eingreifen der Chef so verärgert wurde und er dadurch Jürgens Herzanfall verursacht hat.

Trotzdem bin ich wütend, wie die Verantwortlichen mit uns umgegangen sind. Da ist nichts mit Pietät, schließlich sind die ja doch kein Beerdigungsinstitut.

Dabei haben wir die Wohnung in Martinroda in einem viel besseren Zustand hinterlassen, als wir sie bei der Übernahme bekommen hatten. Alle Räume frisch gestrichen, die Fenster, die scheinbar jahrelang nicht geputzt wurden, gereinigt und einige notwendige Dinge ersetzt, die nicht vorhanden waren. Die Beauftragte der Wohnungsverwaltung, die die Wohnung abnahm, war ganz überrascht und erfreut.

Nun haben wir so langsam, nach etwas Atemholen, den Kopf frei, um die Anzeige gegen Dr. Seliger zu formulieren. Das übernimmt Jürgen vollständig alleine. Er hat alle Unterlagen in seinem Arbeitszimmer beisammen, die im Laufe der 30 Jahre zu dicken Akten angewachsen sind. Doch alle Freunde und Verwandte, die es gut mit uns meinen, warnen uns vor diesem Vorhaben. Obwohl auch wir schon schlechte Erfahrungen mit der Rechtsprechung in unserem Land gemacht haben, können wir es doch nicht lassen. Zu sehr sind wir verletzt worden und überzeugt vom Fehlverhalten dieses Arztes.

Die Strafanzeige ist recht lang geworden, weil wir auch viele andere Vergehen der „betreuenden" Stellen mit aufgeführt haben. Ich lese sie noch einmal durch, die kurz den chronologischen Weg unseres kranken Sohnes aufzeigt, vom Unfall als Jugendlicher über die Entgleisungen und die damit verbunden folgenden Strafen, von dem Rausschmeißen trotz Kälte und gerade überstandener Operation bis zum zweiten Suizidversuch, bei dem er von Polizei und Feuerwehr im letzten Moment von dem Hochhaus in Suhl gerettet wurde und schließlich die Einweisung in das Klinikum Kirchheim. Dabei war übrigens das Ergebnis bei der von der Polizei veranlassten Blutalkoholuntersuchung negativ.

Als die Strafanzeige nach zehn Tagen noch immer nicht von der Staatsanwaltschaft bestätigt wurde, rufen wir dort an. „Hier ist nichts eingegangen," hören wir am Telefon, „wir sind mit unseren Posteingängen schon weit hinter dem von ihnen angegebenen Datum."

So bringt Jürgen alles noch einmal persönlich zur Staatsanwaltschaft. Aber auch jetzt keine Reaktion. „Wir brauchen wohl doch einen Anwalt," überlegen wir und finden in Erfurt eine Kanzlei, in dem ein Herr Heiland unseren Auftrag übernimmt und gleich verspricht, bei der Staatsanwaltschaft nachzuhaken und Einsicht in die Ermittlungsakten und die Krankenakte zu beantragen. Die Kosten würden sich, wenn nicht noch welche bei Verhandlungen vor Gericht hinzukommen, auf insgesamt 400 € belaufen.

Die Staatsanwaltschaft reagiert prompt und schickt postwendend zwei Eingangsbestätigungen und zwei Aktenzeichen für die Anzeige. Aber sonst tut sich nichts, wir sind unzufrieden, rufen öfter bei dem Anwalt an oder fragen nach dem Stand der Dinge und werden dann von ihm beschwichtigt, dass es besser wäre, Geduld zu zeigen und die Staatsanwaltschaft nicht unnötig zu bedrängen.

Anstelle einer Auskunft beim letzten Besuch in seiner Kanzlei, als uns wieder nur die Sekretärin vertröstet und verspricht, unser Anliegen weiterzugeben, finden wir wenige Tage später eine Rechnung über fast 500 € in unserem Briefkasten. Wir sind erstarrt über soviel Dreistigkeit und Jürgen widerspricht, weil viele der in Rechnung gestellten Tätigkeiten nicht erledigt bzw. nicht vereinbart waren. Aber eine erneute Rechnung, wieder wenige Tage später, erklärt die Gebühren in allen Punkten für gerechtfertigt und fordert zur sofortigen Zahlung auf. Empört rechnen wir noch einmal seine Arbeiten zusammen. Er hat, neben der Eingangsbestätigung durch die Staatsanwaltschaft, als einziges die Ermittlungsakte zum Suizid besorgt und uns vorgelegt. Die Ermittlungsakte der Staatsanwaltschaft (die auf fahrlässige Tötung lautet, wie Jürgen inzwischen direkt am Telefon erfahren hat) fehlt aber immer noch, ebenso die Stellungnahme der Klinik zu diesem Vorwurf.

„Und die Betreuungsakte habe ich selbst eingesehen und für den Anwalt eine ausführliche Aktennotiz angefertigt, weil er auch das nicht geschafft hat", entrüstet sich Jürgen. „Ich glaube, es ist besser, wir zahlen einen gewissen Betrag und schlagen für den Rest eine Überprüfung durch eine Schlichtungsstelle vor, „überlege ich." „Ja, das werde ich tun," sagt Jürgen und schickt einen entsprechenden Brief an den Anwalt ab. Gleichzeitig überweist er pauschal 300 €. Daraufhin ist bis heute keine Reklamation eingetroffen. So haben wir auch diesen Ärger hinter uns, erneut einen scheinbar besser geeigneten Anwalt beauftragt, den Jürgen im Internet entdeckt hat und der uns sachkundig und vertrauenerweckend erscheint.

Immer wieder steigen in diesen Wochen und Monaten in mir Wut und Enttäuschung und zunehmend auch die verzweifelte Frage auf, warum die verantwortlichen Personen, Dr. Seliger und die zuständige Betreuungsrichterin Wenig nicht auf unseren händeringenden Einspruch eingegangen waren und warum letztendlich nicht Jürgen als damaliger Betreuer ein vorrangiges Mitwirkungsrecht hatte.

Die Vorwürfe, die wir uns nun selbst immer noch machen, sind sinnlos und zermürben uns. Meine Schlafprobleme haben sich dermaßen verschlimmert, dass mein Neurologe mit seiner Medikation am Ende ist. Die in Roda begonnene Psychotherapie scheint auch nur tröpfchenweise zu helfen.

Unsere Chormitglieder rufen manchmal an mit der Frage: „Wann kommst du denn wieder?" und mit der Bitte: „Wir brauchen dich!" Ja, die zweite Stimme ist schlecht besetzt und das Singen soll gegen Trauer auch helfen, aber es klappt nicht mit dem Schlafen.

In der Adventszeit liegt mein Geburtstag und es gelingt uns, mit den engsten Freunden ein paar nette Stunden zusammen zu verbringen. Vor Weihnachten ist Auftrittszeit des Chors und in meiner Stimme fehlen einige Sängerinnen. So versuche ich zu helfen und verspreche mitzusingen, muss mich aber dann doch beim Auftritt heimlich aus der Chorgruppe lösen. So geht es mir auch am Heiligen Abend. Ich möchte alles so schön wie immer gestalten, was mir zunächst auch gut gelingt, aber als wir dann am 24. alles fertig haben und die schönen Stunden genießen wollen, liege ich Stunden auf dem Sofa und weine in Jürgens Armen herzzerreißend.

Eine andere Ablenkung gelingt uns dafür aber gut. Wir folgen endlich der Einladung von unserem Enkel Sven nach Teltow, wo wir uns über das Urenkelchen Susanne freuen können, das nun schon ein Vierteljahr alt ist und das wir endlich in unsere Arme schließen können.

Diese Fahrt verbinden wir auch mit einem Besuch bei Christel und Heinz, unsere liebsten Verwandten aus Wolfsburg, die uns zu DDR-Zeiten so sehr unterstützt hatten. Sie konnten aus gesundheitlichen Gründen nicht zur Trauerfeier kommen, sondern nur die Grabrede lesen, die wir ihnen zugeschickt hatten. Nun können wir ihnen die ganze Zeremonie, die unser Nachbar freundlicherweise aufgenommen hatte, auf ihrem Fernseher vorführen.

Erkenntnisse

Es ist nun Anfang Juli 2012 und seit dem Selbstmord von unserem Sohn schon fast ein Jahr vergangen. Erneut planen wir einen Urlaub, diesmal wieder nach Polen, aber nicht ganz so weit wie Masuren, sondern bis zum Stettiner Haff. Auf der Hinreise wollen wir wieder kurz Station in Teltow machen, um Marina und Sven zu besuchen und vor allem die Entwicklungsfortschritte von Susanne zu bewundern.

Es hat sich in dem Jahr nicht viel Neues ereignet außer unserer Trauer. In meinem Zimmer sind einige Bilder von Tobias hinzugekommen. Auf einem ist er mit Jana vor dem Weihnachtsbaum sitzend, auf einem anderen läuft Tobias, an beiden Seiten untergehakt von seinen Kusinen Kerstin und Iris, am Ostseestrand entlang. Kerstin und Iris sind die beiden Töchter von Jürgens Schwester Elise, mit denen wir nicht ganz so engen Kontakt hatten wie mit meinen Verwandten. Das Bild entstand, als wir damals vor zwölf Jahren zur Beerdigung von Jürgens Mutter dort alle zusammentrafen. Iris hat es im Beileidsschreiben verwendet und einen Spruch aus Japan dazu geschrieben:

> Im Meer des Lebens,
> Meer des Sterbens,
> in beiden müde geworden,
> sucht meine Seele den Berg,
> an dem alle Flut verebbt.

Alle drei machen fröhliche Gesichter. Es gibt so Momente, die mich immer wieder traurig stimmen, wie z.B. diese fröhlichen Gesichter oder wenn ich plötzlich bei der Reklame im Fernsehen diese junge Mutter mit dem fröhlichen Baby sehe. Es kann nur ein Junge sein, denn es erinnert mich immer wieder an mein

Kind, das ich nicht mehr habe. So ist es passiert, dass Jürgen mich vollkommen aufgelöst am Fernsehen vorfand und dann die Ursache für meine Traurigkeit erfuhr, das fröhliche Baby.

Eigenartig, dass mich besonders schöne Eindrücke, wie z.B. ein wunderschön gewachsener Baum in der Natur, ein von Korn- und Mohnblumen leuchtendes Kornfeld, ein einsam in meinem Zimmer beobachteter Sonnenuntergang, oder ein gelungenes Arrangement in meinem Garten beim ruhigen Betrachten so traurig stimmt. Vielleicht werde ich in solchen Momenten, wo alles so schön ist, daran erinnert, dass da noch etwas fehlt, um glücklich zu sein.

Noch zu oft werden Jürgen und ich auch an die bitteren Erlebnisse des letzten Jahres erinnert, wenn wir dann nach einer Mahlzeit oder nach der Gartenarbeit diskutieren. Ich empöre mich in solchen Momenten immer wieder und frage so oft: „Warum dürfen die Verantwortlichen so handeln? Wieso bleibt es ungestraft, einen betreuten Kranken ins Obdachlosenasyl schicken zu wollen? Das wäre doch passiert, wenn wir Tobias nicht aufgenommen hätten!"

Als Jürgen damals diesem Besitzer des betreuten Wohnheims in Talheim, Herrn Fleischer, die Umstände und die Ursachen des Verhaltens unseres Sohnes erklärte und um die Rücknahme des sofortigen Rausschmisses bat, konnte der nur erwidern: „Das bleibt dabei, wenn ich das alles gewusst hätte, hätte ich ihn gar nicht erst aufgenommen."

Damals haben wir auch mit Freunden über das Programm, über das, was in diesem Wohnheim vor sich ging, gesprochen. „Euer Tobias braucht seine eigene Therapie," sagte Gerina seinerzeit. Dem musste ich zustimmen. Wenn ich bedenke, wie schwach er damals war, als er uns aus der Notunterkunft im Altersheim in Pfarreck besuchte. Da sollte er zwei Wochen später schon das volle Programm mit den anderen, viel jüngeren und gesünderen

Insassen mitmachen können? Aufstehen 6.00 Uhr, Bad und Zimmer wischen, Treppen reinigen und dann das Verbot, den Fahrstuhl benutzen zu dürfen. Welcher Erwachsene lässt sich gern so bevormunden? „Wieso haben eigentlich die Patienten kein Mitspracherecht?" frage ich mich, „sie sind doch nicht dumm!" Tobias konnte, als er dann bei uns aufgenommen wurde, kaum mehr als einmal ums Viertel gehen. Wenn wir ihn ansprachen, reagierte er kaum und sagte nur: „Ich habe in den Heimen das Sprechen verlernt." Ich erinnere mich auch, dass Tobias sich bei den Telefonaten von dort häufig beschwerte: „Hier laufen nur Tote herum!"

Dr. Kehlen lobte uns oft, wenn wir uns für unseren Sohn einsetzten: „Das, was sie alles machen, das ist ganz selten und nicht selbstverständlich." Ja, wir fragten uns auch oft, was mit solchen Menschen passiert, die keine Angehörigen haben, die sich so um sie kümmern. Die laufen dann wohl so als Tote herum. Es sei denn, einem gelingt es, Einfluss auf so eine Einweisung in eine geschlossenen Einrichtung zu nehmen. Das ist aber, wie wir es erlebt haben, nicht möglich. Es gibt zu viele Widersprüche. Da sagt das Gesetz, dass der Betreuer das Aufenthaltsbestimmungsrecht habe. Die alte Betreuerin von Tobias, Frau Kroll, hatte auf Grund der genauen Kenntnis seines Krankheitsbildes während der 3jährigen Betreuung ein ganz anderes Heim für ihn ausgesucht und von dort eine Zusage erhalten, musste sich dann aber dem Beschluss des zuständigen Sozialamtes zur Verlegung nach Niederbayern beugen.

Als aber der Umzug nach Neuroda bevorstand und die Verantwortung für die Unterbringung nach einer eventuell nicht bestandenen Probezeit übernommen werden sollte, wollte das Sozialamt nunmehr aber die neue Betreuerin, Frau Dr. Maigrund, in die Pflicht nehmen. Oder als Jürgen als letzter Betreuer seinen Sohn in der Obhut der Klinik lassen wollte und der Arzt entschied, dass das nicht nötig wäre, denn es bestünde keine Suizidgefahr. Da hatte wieder ein anderer das Entscheidungsrecht. Wir haben oft erlebt, dass die bestehenden Gesetze und Vorschriften nur den Behörden dienten. Als z.B. ein Zeitungsreporter dem Fehlverhalten einiger Dienststellen nachgehen wollte, bekam er mehrmals zur Antwort: „Wir haben amtliche Schweigepflicht."

Oh, diese Selbstherrlichkeit mancher Verantwortlichen. Ich höre heute noch Frau Fromm vom Sozialamt sagen, als wir in der Martinrodaer Wohnung nach einem Hilfsweg für Tobias suchten: „Wir haben keinen Fehler gemacht!" Auch ihr Chef betonte das in einem nachfolgenden Gespräch immer wieder. Damals musste ich mich sehr beherrschen, um nicht aus der Haut zu fahren, den Tränen nahe. „Natürlich keine Fehler," empöre ich mich noch jetzt. Wenn ich früher in meinem Beruf als Lehrer Probleme mit Schülern hatte, habe ich mich immer zuerst gefragt: „Was habe ich falsch gemacht oder übersehen?"

Wie oft ist uns aufgefallen, dass nicht nur Einzelne diese Haltung hatten. Oft fragten wir uns: „Wieso geht das so? Werden die Heime oder Betreuer nicht auch kontrolliert?" Ich weiß, dass die Einnahmen und Ausgaben eines Betreuten genau protokolliert werden müssen. Das verlangte Frau Dr. Maigrund auch von uns, wenn wir an ihrer Stelle Gelder von Tobias einsetzen mussten, für Kleidungsstücke, Wohnungseinrichtungen u.ä.

Aber wer kontrolliert ihre Entscheidungen? Der Betreuer aus Pfarreck wurde zwar von seiner Aufgabe entbunden, aber doch nur, weil wir seine Fehlhandlungen vor Gericht nachweisen konnten, aber wie lange hätte er ohne unser Einschreiten so weitermachen können? Eine andere Frage: Was geschieht, wie es Tobias mit seiner Wohnung ging, wenn jemand für ein Jahr oder länger in eine geschlossene Einrichtung eingewiesen wird? Wo bleibt das gesamte Inventar in der Zeit, ehe der Patient wieder nach Hause darf. Nicht immer sind Eltern da, die soviel Einsatz zeigen, ihr Geld einsetzen und dann noch nicht einmal Vorzugsrechte bei der Wohnungsübergabe haben? Wir mussten in der kurzen Zeit zwischen der Entlassung aus den „beschützenden" Einrichtungen und seinem Tod gleich zwei Wohnungen besorgen. Wie steht das in diesem Fall im Gesetz? Das ist doch eine Gesetzeslücke.

„Die Wohnung wird aufgelöst", höre ich Frau Zengel zu Tobias sagen, als er sie vor drei Jahren fragte: „Und was wird mit meiner Wohnung, wenn ich hier wegkomme?" „Von wem bekommt er und wer besorgt eine neue?" so frage ich heute.

Warum eigentlich musste ich mich um ihn kümmern, als wir ihn kurz nach seiner Hüftoperation im Krankenhaus besuchten, und ihm die Strümpfe ausziehen, um ihm die Füße zu waschen. Die Schwester gab mir selbstverständlich dazu ein Handtuch. Obwohl er aus seinem betreuten Wohnheim eingeliefert wurde, war keins vorhanden und man hielt es auch nicht für nötig, sich um ihn zu kümmern. Wir erfuhren weder aus dem Heim noch von der Betreuerin, dass er sich im Krankenhaus frisch operiert befindet. Der Hilferuf kam von Tobias selbst. Versteht man das unter „betreut"? „Unvorstellbar", denke ich weiter.

Da sitzt ein psychisch kranker und trockener Alkoholiker nach seinem Rausschmiss aus dem Heim des betreuten Wohnens mit seinem „Seesack" und den Gehhilfen bei seiner Betreuerin im Sekretariat, und als wir uns bereit erklärt hatten, ihn aufzunehmen, sagte diese Frau zu uns am Telefon: „Also, ich schicke ihn jetzt los." Als wir uns besannen, dass er ja gehbehindert war, fuhren wir ihm selbstverständlich entgegen und fanden ihn nach kurzem Suchen mit seinen Krücken in seiner ehemaligen Stammkneipe, wo er seine alten Kumpel begrüßen wollte.

Ich weiß nicht mehr, wie oft ich zum Büro der Betreuerin gefahren war, um nachzufragen, ob ich in den Keller gehen dürfte, wo seine Sachen in Kisten und Taschen lagerten, um einige Dinge zu holen, die wir ja dringend für die kommenden Wochen brauchten. Gern denke ich nun aber auch daran, wie gut Tobias unsere Fürsorge tat.

„Na, Tobias, schmeckt's?" fragte ich manchmal. „Hm, ja, prima", antwortete er genüsslich. Darüber freue ich mich heute noch oder auch darüber, wie er sich an der Planung der Mittagszubereitung beteiligte.

„Tobias, was wollen wir heute kochen?" „Hefeklöße."

„Das ist eine gute Idee."

Wie auch jetzt dachte ich oft: „Wieso kommen wir mit ihm ohne Probleme zurecht, aber die ausgebildeten Leute nicht?" Mit uns fuhr er z.B., zwar nicht gerade hocherfreut, aber ohne Murren, regelmäßig zur Physiotherapie, obwohl sie ihn sehr anstrengte.

Es nimmt kein Ende mit den negativen Beispielen, wenn wir an die schlechte Behandlung durch die Verantwortlichen und Behörden denken.

Ablenkung

Nun geht es aber doch in den Urlaub, genau ein Jahr nach dem so dramatisch abgebrochenen Aufenthalt bei Alt-Ruppin.. Morgen soll es losgehen. Leider bleiben viele Dinge unerledigt. Unser neuer Anwalt gibt keine Antwort auf eine vor Wochen gesendete Mail und unsere Enkel Jana und Max haben sich auch nie wieder gemeldet. Wie wird es nach dem Urlaub weitergehen? Ich bin nicht sehr optimistisch.

Unser Urlaub war schön, sage ich heute, nachdem wir zwei volle Tage mit dem Auspacken und Ordnen aller Dinge, die vorher irgendwo anders waren, damit sie unsere liebe Nachbarin schneller erreichen konnte und nachdem wir viele Stunden unseren Garten wieder so hergerichtet haben, dass wir uns wohlfühlen können.

Zu Beginn unserer Ferien waren wir aber gar nicht davon überzeugt, dass wir diese positive Aussage treffen können. Zu sehr waren wir enttäuscht, dass es immer kälter, nasser und stürmischer und das Wetter jeden Tag noch mieser wurde. Die tolle Wohnung in dem großen Haus am Stettiner Haff, über die wir im ersten Hinsehen ganz begeistert waren, zeigte nach und nach ihre Mängel, die unsere Laune natürlich nicht verbesserten. Auch die wunderbare Aussicht auf das Haff und die Nähe zum Wasser hatte ihre Tücken. Der Wind heulte bei dem Tief, das uns erreicht hatte, so fürchterlich, dass ich in der zweiten Nacht mein Schlafquartier in einem dem Wasser abgewandten Zimmer aufschlug. Von wegen schön auf dem riesigen Balkon frühstücken, dazu war es auch bei Sonnenschein viel zu windig und ungeschützt. Unten vor dem Haus war eine windgeschützte Stelle mit einem kleinen Tisch, an dem man gemütlich hätte sitzen können, aber der Aufwand von unserer Küche bis da hin zu gehen, war uns doch zu groß. Fernsehen bei der Kälte wäre eine gute Beschäftigungsmöglichkeit am wärmenden Kamin gewesen, aber das erwies sich in der ersten Woche eher als Quizsendung, denn das Bild und die Personen wackelten bzw. sprachen abgehackt im Takt des Windes, so dass uns der Inhalt der Sendung meistens nicht klar wurde.

So beschlossen wir, die umliegenden kleineren und größeren Städte zu besichtigen. Als erstes Ziel nahmen wir uns Goleniow (ehemals: Gollnow) vor. Viel mehr als Teile einer alten Stadtmauer und einer Backsteinkirche waren nicht zu sehen. Den Besuch der Insel Wolin verbanden wir mit einem Kurztrip zum Ostseestrand. Wir konnten dort in der Nähe der Küste zwar preisgünstig und geschmackvoll zwischen vielen polnischen Touristen gut essen, dafür entdeckten wir nachher aber zu unserem großen Schrecken einen dicken Kratzer an der Vorderfront unseres PKWs und waren nun erst einmal vom Gastland Polen bedient.

Trotzdem wagten wir uns an einem anderen Tag eine Fahrt nach Sczcecin, der ehemals deutschen Hafenstadt Stettin. Hier waren im Gegensatz zu den anderen Orten, in denen der Krieg nicht viel Substanz übrig gelassen hatte, viele Gebäude aus alter Zeit wieder instand gesetzt oder neu errichtet worden. Wir parkten etwas abgelegen auf einem Platz, den wir etwas verkehrswidrig erreicht hatten und landeten an der Oper von Sczcecin. Leider hatten wir den regulären Weg dorthin etwas verpasst, als wir in die Stadt einfuhren, sagten uns aber „in Polen ist alles erlaubt, auch das, was verboten ist", und fuhren über einen unordentlich angelegten breiten Gehweg, um die richtige Straße zu erreichen. Vom Opernplatz aus war es nicht schwer, einer roten Linie im Kopfsteinpflaster zu folgen, um zu den wichtigsten Sehenswürdigkeiten zu gelangen. Als erstes kamen wir in den Schlosshof, wo wir eine Gemäldegalerie bewundern konnten und danach noch eine Hochzeitsgesellschaft mit dem dazugehörigen Brautpaar. Am Passagierkai entlang ging es dann zum sogenannten

Wall Chrobry, wo wir uns in dem zur Hakenterrasse gehörenden, seewärts gelegenen steinernen Pavillon niederließen und uns aus dem darunterliegenden feinen Restaurant Chrobry bedienen ließen. Von hier oben konnte man das Hafengelände liegen sehen mit vielen kleinen Schiffen und Ausflugsdampfern.

„Wollen wir vielleicht eine kleine Rundfahrt machen?" schlug ich vor. „Mal sehen, wann die Fahrten losgehen und wie lange sie dauern," überlegte Jürgen und schon stiegen wir die vielen breiten Stufen zum Hafen hinunter. „Das Essen hier war nicht so billig," denke ich, „aber immer noch preiswerter als in Deutschland." Insgesamt mussten wir feststellen, dass im Vergleich zu den zurückliegenden Jahren die Preise auch hier angezogen haben, man lebt aber immer noch wesentlich billiger als zu Hause.

„Der nächste Dampfer fährt erst wieder um 17 Uhr", stellten wir fest. Das wäre zu spät für uns geworden und so suchten wir den kürzesten Weg zu unserem Auto. Da übertraten wir schon wieder das Gesetz, denn der Pfad am Hafenbecken entlang, der uns zu unserem Auto führen könnte, endete an einem Gitter – Baustelle! Das Gitter stand quer zu uns und endete kurz vor der Hafenmauer. Ich überlegte nicht lange, hielt mich mit beiden Händen an ihm fest, zog den Bauch ein und mit dem Rücken zum Hafen trat ich wie beim Seitwärtsgehen erst mit dem einen, dann mit dem anderen Fuß auf die andere Seite. Jürgen machte es genauso, nachdem ich ihm meine Hilfe angeboten hatte. „Wenn das die Miliz gesehen hätte!" rief ich. Wir sind zwar schon alt, aber nicht so sehr, dass man sich wegen Unzurechnungsfähigkeit hätte herausreden können. Noch schlimmer wurde es, als wir dann, einen kleinen Kieshaufen überwindend, die stark befahrene Uferstraße überqueren mussten. Es wäre sonst nur noch die Möglichkeit geblieben, auf dem selben Weg wieder zurück zu klettern. Unbeschwert kamen wir zum Glück an unserem Fahrzeug an und fanden schnell wieder die Strecke, die uns in unser kleines Örtchen Kopice (ehemals Kopitz) führte.

Nach diesen Erlebnissen hätte ja nun endlich das schlechte Wetter überwunden sein können, aber nein, es ging erst so richtig los. An einem Nachmittag war der Regen, der vom Haff herangezogen kam, so stark und heftig, dass er durch die großen Fenster und Türen drang und wir schnell Aufwischzeug suchen mussten, damit diese Wassermassen nicht, über die Fliesen quellend, den guten Teppich erreichten.

Es wurde immer windiger und kälter, auch wenn es hin und wieder mal aufklarte. In solchen Momenten versuchten wir dann zu Fuß oder mit dem Fahrrad doch irgendwie eine Stelle zu entdecken, an der man Zugang zum Wasser hatte. Zum Baden wäre das ja sowieso viel zu kalt gewesen. Leider musste ich dabei feststellen, dass das Fahrradfahren für mich auch nicht mehr die beste Fortbewegungsart ist, denn es verschlimmerte meine von der Halswirbelsäule ausgehenden Schmerzen zu sehr und so musste auch diese Urlaubsbeschäftigung gestrichen werden.

Dabei hatte ich mich auf das Schwimmen, zu dem mir meine Psychotherapeutin geraten hatte, so gefreut. Aber bei den Temperaturen war daran nicht zu denken. Früher allerdings, in jüngeren Jahren, wäre das für uns kein Hinderungsgrund gewesen, wenigstens wild im Wasser zu toben und sich in die Wellen zu schmeißen, heute aber, bei meiner Stimmung im Moment, nicht gerade die richtige Aufmunterung. So musste Jürgen von mir öfter die Äußerung hören: „Lass uns nach Hause fahren!" Dieses Ansinnen hatte ich auch noch, als der Wetterbericht ab Sonntag sommerliche Temperaturen vorausgesagt hatte. Hinzu kam auch, dass wir in diesen Tagen immer mehr zurückdenken mussten, denn es näherte sich der erste Todestag von Tobias. „Morgen ist der 25.," sagte ich zu Jürgen mit Tränen in den Augen. Dummerweise hatte ich auch noch eine CD im Auto aufgelegt, die ausgerechnet fast im gleichen Moment, als ich das sagte, die flotte Rockmusik abspielte, die wir auch zur Erinnerung an Tobias zur Beerdigung gehört hatten. So waren wir beide wieder an einem Tiefpunkt angelangt und wurden noch trauriger. Da war der Entschluss bald gefasst, am nächsten Tag abzufahren.

„Vielleicht doch noch einmal an den Strand?" war unsere Abmachung. Ganz so schlimm wie das ersten Mal, beim Ausflug auf die Insel Wolin, wo bei strömenden Regen am Strand der Wind beim Aufspannen des Regenschirms ihn aus den Angeln hob und daraus Schrott machte, wird es wohl nicht mehr werden. Wir versuchten es dort, wo wir vor einigen Jahren einen schönen Sommerurlaub in einem Wellness-Hotel namens Baginsci Spa, direkt am Wasser liegend, verlebt hatten. Trotz der vielen Besucher, denn es war im Gegensatz zu damals Ferienzeit in Polen und wunderschönes Sommerwetter geworden, waren wir doch nach einem guten Abendessen in einer uns von früher bekannten Kneipe schon wesentlich ausgesöhnter als zuvor und kamen müde, aber gut gelaunt am Abend in unserem Hotel an. „Vielleicht versuchen wir morgen eine andere Stelle, die etwas näher für uns gelegen ist," bemerkte Jürgen, nachdem er die Karte studiert hatte. Ohne Widerspruch oder Heimfahrgedanken, denn eigentlich war als endgültiger Abreisetag der Donnerstag vorgesehen, stimmte ich zu. Zum Schluss aber blieben wir bis zum letzten Tag, hatten die bestmögliche Strandstelle gefunden, hechteten uns mitten ins Gewühl mit unserem Sonnenzelt zwischen die polnischen Urlauber und fühlten uns wohl. Das Wasser wurde schnell wärmer und wir badeten täglich, natürlich nur mit, ohne wäre in Polen undenkbar gewesen. Wir blieben buchstäblich bis zur letzten Stunde und konnten uns am Freitag gar nicht pünktlich zum Aufbruch zwingen, denn es musste gepackt und am Samstag um 10.00 Uhr das Quartier geräumt sein.

So kam es, dass wir jetzt sagen konnten: „Der Urlaub war schön". Wir bestätigten es auch allen, die danach fragten. Zuerst Christel und Heinz, die wir auf der Rückfahrt, wie üblich, nach dem Urlaub in Wolfsburg Station machend besuchten, und dann auch Sven und Marina und ihren Eltern in Teltow.

Der Aufenthalt in Polen hat uns erneut gezeigt, dass wir uns im Flachland, wo es nicht so eng ist, wo man in die Weite sehen kann, an der Küste eben, am wohlsten fühlen. Immer wieder freuten wir uns über die weiten Felder, die Viehherden, die Störche mit ihren Jungen im Nest, die Wolkenbildung über dem Horizont, das wunderbare Abendrot. Oft musste ich an die schrecklichen Bilder von der Massengeflügelhaltung in Deutschland denken, die zum Protest aufrufend im Fernsehen gezeigt wurden. Hier in Polen konnte man sich über die vielen freilaufenden Hühner, Hähne, Enten und Gänse freuen und Eier und Geflügelfleisch mit gutem Gewissen genießen. Es liegt wohl doch an meiner Herkunft, dass es mir dort so gut gefiel, nämlich vom Bauernstand, wie es Tante Hannchen in einem ihrer Gedichte auf Platt beschreibt:

Der ostpreißische Bur

Eck well hiede mol beschriewe

Wie dat onse Bure driewe.

Eck benn ja selvest vom Burestand

Dromm es mie, wat eck schrieve bekannt.

Wat men ju woll, wat sich de Bur mott ploge,

un sich väl Schloop um de Ohre schloge.

Free om veer steit he all opp

An denn geit dat los en eenem Galopp.

De Perd und de Keeg motte gefüttert ware,

de Kälver fange ok an to blare,
Se spiere, dat all gemolke ward,
und dat Wachte bekommt änne hart.
Wenn obber de Magd enne Schwienstall kemmt,
und däm erschte Ämmer nemmt,
denn sull ju blos mool heere!
Du kannst dien Verstand verleere.
Jo, fett ward ohne Meeg kein Deerke,
dat vertellt man blos em Märke!
Un denn dat leeve Fedderveeh,
wenn eck mie erscht dat beseh!
Ock dä bruke är Delke Meeg,
genau wie Perd un Ochse un Keeg.
Dat nennt dä Bur nu das Morgenbeschecke.
Un wie oft mot se sich do all becke.
Un doch fangt dä Dach erscht damet an,
denn nu kemmt jo dä Feldorbeit drann.
Do kann eck gar nich alles benenne.
Wat gefft dat do doch blos to renne!
Vom Freejohr bis Harvest heert dat nich opp.
Et fallt em nuscht nich fertig em Topp.
Jo, Jo, dä Bur – dä steit sienem Mann
mett allem wat an Em es drann!

Vom Bauernstand sind wir ja nicht mehr direkt, aber immer wieder begeistern wir uns für das flache, weite Land.

„Ich will nicht mehr in unsere Berge zurück", sagte ich einmal an der Ostseeküste zu Jürgen, als es wieder so schön war und wir trotzdem die Abreise planen mussten. Vielleicht mehr zum Spaß antwortete er darauf: „Sicher, wir können doch wieder an die Küste ziehen, daher kommen wir ja, unser Haus verkaufen und den Erlös für ein neues investieren". Aus Spaß wurde Ernst und so reifte bei uns nach und nach die Idee, vielleicht doch noch einen Wohnsitzwechsel zu wagen. Immer, wenn wir in Polen ein Grundstück oder Haus mit einem Schild versehen vorfanden, auf dem sprzedaż (Verkauf) stand, kamen uns diese Gedanken und wir fantasierten oft darüber: Wenn es in einer flachen Gegend ein Häuschen gäbe, altersgerecht, ohne Treppen und Schwellen, etwa im Bungalowstil, so liebäugelten wir, wäre das für uns eine gute Lösung und wir könnten es dann darin bis zum Ende unseres Lebens aushalten.

Nun sitzen wir fast täglich am Computer und lesen die vielen Angebote in den unterschiedlichsten Gegenden und begeistern uns immer mehr an der Idee. Mit einer Träne im Knopfloch betrachten wir dann unseren schönen Garten mit Teich und den vielen Blumen, den wir mit Spitzhacke und großem körperlichen Einsatz aus dem Brachland in den vielen Jahren entstehen ließen. Auch im Haus haben wir nach der Wende soviel neue Ideen verwirklicht und können uns nicht ernsthaft vorstellen, uns davon zu trennen.

Aber so sagten wir uns, man muss auch an das Alter denken, es ist höchste Zeit. Vielleicht ist es auch schon deshalb gut, den Standort zu wechseln, weil uns mit Suhl doch zu viele unangenehme Ereignisse verbinden. Den Prozess abschließen, alles Traurige hinter uns lassen und in einer unserer Natur entsprechenden neuen Umgebung das Alter genießen, wäre vielleicht ein guter letzter Lebensabschnitt. Das eigene Haus verkaufen und ein neues passendes zum Kauf finden, die Erfahrung müssen wir nun auch noch im Kapitalismus machen und hoffentlich nicht zu viel Lehrgeld bezahlen.

Doch zunächst gilt es, den Prozess, den es ja irgendwann wegen der Anzeige gegen Dr. Seliger geben muss, durchzustehen. Aber das kann dauern! Eine erste Stellungnahme seines Anwalts haben wir gelesen und uns furchtbar darüber aufgeregt, wie er die Tatsachen vollkommen verdreht und alle Anschuldigungen gegen sich abwehrt. Empört verfassen wir erneut einen Bericht an die Staatsanwältin über die Vorgänge vor nun mehr als einem Jahr. Ich denke, dass noch viel Zeit vergeht, bis ein Richter ein hoffentlich gerechtes Urteil fällen wird.

So möchte ich am liebsten nach Erscheinen meines kleinen Büchleins, sozusagen im Nachgang, dem Leser die Erlebnisse unseres verstorbenen Sohnes nahebringen, die er selbst aufgeschrieben hat. Sein Manuskript „Ich bin kein Tourist!" erzählt von seinem Fluchtversuch aus dem „normalen" Leben in Deutschland nach Afrika. Als ich den vor langen Jahren entstandenen Text noch einmal lese, staune ich immer wieder über die Fähigkeit von Tobias, die Dinge und Situationen so gut zu beschreiben, dass man sich sehr gut in eine bestimmte Gegend, eine stimmungsvolle Situation und insbesondere Gefühle hineindenken kann. Es überrascht mich auch jetzt erneut, wenn ich seine Äußerungen und Gedanken lese, wie waghalsig und bedenkenlos er oft gehandelt hat und sich dadurch immer wieder in Gefahr brachte. Es wird mir wiederholt bewusst, wie krank er doch war. Es ist auch im Nachhinein schwer, seine teilweise unsinnigen Handlungen zu akzeptieren und zu verkraften. Trotz hoher Intelligenz nicht die Folgen zu bedenken und nicht aus Fehlern zu lernen, das gehörte zu seinem Krankheitsbild. Er kann ja nichts dafür. Das mussten auch wir uns immer wieder sagen, um damit richtig umgehen zu können.

Rückblende

Die Worte mit der Überschrift „Das Ende der Reise", hat Jürgen von Tobias Aufzeichnungen wörtlich übernommen, denn zu einem richtigen Ende seines Manuskriptes kam es, wahrscheinlich durch den zunehmend schädigenden Einfluss von Alkohol, leider nicht mehr.

Ich erinnere mich noch sehr genau an die Zeit, in der wir mit immer größer werdender Angst auf ein Wiederauftauchen von Tobias warteten. Dass er ab und zu mal für ein paar Tage, manchmal auch für ein paar Wochen ohne Abschied verschwand, waren wir gewohnt. Manchmal meldete er sich auch telefonisch von irgendwo her.

Aber dieses Mal war es anders. Kein Lebenszeichen monatelang, bis dann plötzlich ein Anruf von einer Autobahnraststätte kam. Wir waren wütend, aber auch erleichtert. Eigentlich überwog der Ärger.

„Uns so in Angst zu versetzen!" Wir schauten ihn, glaube ich, nur vorwurfsvoll an, als wir ihn wiedersahen und in unser Auto luden. Er erklärte uns auch nicht, wo er gewesen war und was er durchgemacht hatte. Er sprach im Gegenteil kein Wort. Das alles erfuhren wir so nach und nach erst viel später.

Wenn wir gewusst hätten, was alles geschehen war und vor allem seinen gesundheitlichen Zustand nur erahnt hätten, wären wir doch niemals nur einen Tag weggefahren. Wir hätten ihn sofort, wie einen verlorenen Sohn aufgenommen, um ihm zu helfen, was wir ja, allerdings eine Woche später getan hatten.

Er hätte dringend operiert werden müssen. Das musste aber zunächst verschoben werden, um eine Malariaerkrankung zu behandeln. Der Operateur in Seesen, der uns die Aufnahmen von den zertrümmerten Halswirbeln zeigte, hatte sich schon gewundert über den Patienten, der so anders war. Wir waren schockiert, als wir die Bilder sahen. Als wir dem Arzt den Werdegang von Tobias erklärt hatten, wollte er ihm helfen und sofort operieren. Man hätte ihn aber nicht bezahlen können, denn mit der „Flucht" nach Afrika war Tobias aus dem sozialen Netz gefallen und nicht mehr krankenversichert.

„Ich mache es trotzdem," sagte er entschlossen, „ganz egal ob die Sozialhilfe die Kosten übernimmt oder nicht. Wenn ich ihn unbehandelt gehen lasse, kann er bereits an der nächsten Ecke tot umfallen!"

Die kommenden Wochen nutzten wir jeden freien Tag und oft auch nach Dienstschluss, um unseren Sohn zu besuchen. Ostern mieteten wir uns in einer Pension ein, um in seiner Nähe zu sein.

Er war nicht nur ein schwieriger Patient, er stand beispielsweise kurz nach der Operation ohne Erlaubnis auf, um zu rauchen, es war auch schwer, mit ihm ein freundliches Gespräch zu führen, zum Beispiel über seine Zukunft, über den Sinn seiner Reise ober über die Ursachen der Scheidung.

Krankheitsbedingt suchte er für sein Scheitern immer einen Schuldigen. Die meiste Zeit war es sein Vater, der aus seiner Sicht immer alles gegen ihn regelte und später war ich es. Das störte uns nicht, denn wir wussten, dass das zu seinem Krankenbild gehörte, aber es machte alles noch unerfreulicher als es schon war. Oft mussten wir uns zum Trost immer wieder die Ursachen seines Verhaltens ins Gedächtnis rufen.

Wir hatten mit Mühe für ihn nach seiner Scheidung zunächst eine kleine Bleibe in Andreasberg besorgt, bestehend aus einem großen Zimmer mit Koch- und Badenische und einem verglasten Balkon. Als wir uns während seines Klinikaufenthaltes die Behausung angesehen hatten, waren wir schockiert über die

Verwahrlosung. Sprachlos schüttelten wir den Kopf. Er kann nicht allein bleiben, war unser Fazit, und wieder regten wir uns über sein Fehlverhalten auf. Erneut mussten wir uns aber sagen, dass auch die Antriebslosigkeit zu seinem Krankenbild gehörte.

Unser Sohn Andreas, der uns nach Seesen begleitete, begutachtete den Zustand der Bleibe und entschloss sich nach kurzem Überlegen um 11 Uhr zu einer Renovierung.

„Das schaffe ich, wenn Vati und ich nur malern können." Das Ausbessern der löchrigen Stroh-Lehm-Wände besorgte dann über Stunden Jürgen, Andreas malerte allein alle Wände und die hohen Zimmerdecken der ehemaligen Jugendstil-Villa. Ich war ausschließlich für die Reinigung und die Räumung zuständig. Gegen 17 Uhr holte Jürgen Tobias aus der Klinik ab und gemeinsam wurden zwei Autos mit der wenigen Habe von Tobias beladen, viele Säcke mit Abfall entsorgt und nach einem wohltuenden Abendbrot in einer Gaststätte in Andreasberg ging die Reise gegen 19 Uhr nach Suhl. Wir waren froh, wieder eine Etappe, mit großem Einsatz besonders von Andreas, geschafft zu haben.

Ab jetzt wurde es erst richtig problematisch. Eine Wohnung und Möbel mussten besorgt, eine Betreuung beantragt, das soziale Netzwerk wieder hergestellt werden und vieles andere mehr. Zunächst hatte Jürgen die Betreuung übernommen, die er dann später einer Berufsbetreuerin übergab, die in derselben Straße wie Tobias wohnte. Es wäre eine gute Ausgangsposition gewesen, die Betreuerin in der Nähe der neu eingerichteten Wohnung für Tobias, wenn nicht jetzt das Alkoholproblem überhand genommen hätte.

Als wir das mitbekamen, war es für ein Einschreiten viel zu spät. Es lief eben irgendwie: Tobias trank, wurde in einer Kneipe und dann in den nächsten Stammgast, hatte schlechten Kontakt und ich übernahm die Reinigung seiner Bude, weil ich das Chaos dort nicht ertragen konnte.

Wenn es ein Problem gab, meldete sich die Betreuerin bei uns und bat um Hilfe. Ansonsten aber hatten wir nichts zu sagen, nicht einmal unsere Wünsche wurden berücksichtigt, z. B. bei der für ein Jahr vorgesehenen Einlieferung in ein geschlossenes Heim. Wir baten darum, es in unserer Nähe zu suchen. Die Betreuerin fand auch so eins, aber das Sozialamt verfügte die Einweisung in ein 500 km entferntes Heim an der bayrisch-österreichischen Grenze, so weit weg wie möglich, offenbar damit man für die Probleme hier nicht mehr zuständig zu sein brauchte.

Und in Bayern war es katastrophal. Wie oft die von dort angerufen hatten, um uns zu sagen, dass Tobias ausgerissen sei, weiß ich nicht mehr. Das Wenige, das er uns am Telefon mitteilte, reichte, um uns von der Eignung und den Methoden eine schlechte Meinung zu bilden. Es tat uns weh, wenn uns mit hysterischen Ausrufen am Telefon über den „Ausbruch" berichtet wurde. Oft sahen wir in Gedanken unseren Sohn auf der Flucht, von der Polizei verfolgt.

Es war erstaunlich, welche Entfernungen er dabei zurückgelegt hatte. Da kam es auch einmal vor, dass er in seiner Geburtsstadt Wismar gelandet war. Von Andreas erfuhren wir, dass es dort Ärger gegeben hätte, weil Tobias bei einer Tante spät abends noch angerufen hatte.

Er bat wohl um ein Schlaflager und konnte nicht ahnen, dass seine liebe Tante, wie er sie als Kind nannte, ihn abweisen würde. Die Entfernung von ihm am Hauptbahnhof bis zu ihr hätte maximal 10 Autominuten gedauert. Sie verwies ihn an soziale Einrichtungen bzw. an seinen Vater. Dieser sollte sich außerdem bei ihr wegen der Belästigung entschuldigen. „Ich habe ja noch Verwandte hier," soll er gesagt haben und hatte damit seine beiden Cousins gemeint.

Wir haben dann später viele Verwandte und Bekannte gefragt, wie sie wohl reagiert hätten, wenn Tobias bei ihnen plötzlich aufgekreuzt wäre. Jeder hätte ihm erst einmal geholfen. Das zeigte sich dann auch, als er in Lenzen seinen Cousin Frank aufsuchte. Der bewirtete ihn, sie unterhielten sich nett und nach der Frage, was er vorhabe, wurde er mit Geld versehen und in den nächsten passenden Zug gesetzt.

Irgendwann erschien auf so einer Fluchttour Tobias auch einmal bei uns, seinen Eltern. Wir alarmierten natürlich nicht die Polizei, sondern versuchten, eine Verbesserung seiner Lage zu erzielen. Jürgen wusste, dass es eine Anwältin für Betreuungsrechte gibt, die noch einige Zeit ihr Büro in Suhl hatte. Diese suchten wir auf und machten sie mit unserem Problem vertraut. Wir überlegten gemeinsam, wie man eine bessere Betreuung mit einem besseren Umfeld erlangen könnte, aber an irgendwelchen Formalien scheiterte die Sache.

Die Situation für Tobias wurde insgesamt immer unerträglicher, der Aufenthalt in einer geschlossenen Einrichtung wurde über das ursprünglich erste Jahr hinaus immer wieder verlängert, und wenn er mit seinen Fluchtversuchen nicht aufhören würde, drohte sein dortiger Betreuer gar mit einer Einweisung in die forensische Psychiatrie. Als wir das erfuhren, waren wir sehr aufgebracht, denn die ist ja ausschließlich für psychisch kranke Straftäter vorgesehen.

In den Anrufen nach Hause wurden wir immer häufiger mit dem Ausruf „Ich habe hier lebenslänglich!" oder „Hier laufen nur Tote herum!" konfrontiert. Das konnten wir dann auch feststellen, als wir uns einmal auf den Weg gemacht hatten, um unseren Sohn dort zu besuchen und vor allem mit seinem Betreuer zu sprechen. Obwohl wir angemeldet waren und eine fünfstündige Fahrt hinter uns hatten, mussten wir lange warten, bis sich der Herr Brunner sehen ließ.

Wir stellten bald fest und waren uns nun ganz sicher, Tobias muss hier weg. Medizinische Betreuung und Therapie fanden trotz einer von uns vorgelegten ausführlichen Anamnese nie statt. In dieser Einrichtung wollte man ihn aber trotzdem nicht weglassen, offenbar um leicht Geld zu verdienen. Jedenfalls war das auch der Eindruck, den der Betreuer bei uns hinterließ. Zwar war das Äußere auf den ersten Blick ordentlich, aber die Menschen, die sich da bewegten, wirkten recht abwesend.

Später musste dann seine Anwältin eingeschaltet werden, um Tobias aus den Fängen des niederbayrischen Sozialsystems zu befreien.

Aber am Entlassungstag rief er uns an und sagte ziemlich verzweifelt: „Ich muss heute noch raus!" Er war ebenso fassungslos wie hilflos. „Das kann doch nicht sein," entgegneten wir. „Es sind minus 10 Grad Celsius." „Die wollen mich wirklich rausschmeißen," wiederholte er nur noch.

Auf unseren Einspruch (beim Sozialministerium!) hin wurde er dann in einem voll besetzten Altersheim notdürftig untergebracht, von wo ihn Andreas am nächsten Tag, von Leipzig aus startend, abholte und ihn dann in Thüringen bei uns in Suhl absetzte.

„Wo bleibt die Würde des Menschen?" fragten wir uns.

Sitten und Unsitten

Nun hat schon das vierte Jahr in unserem Haus hier in Dürrenhof begonnen. Am 4. Dezember 2015 waren es genau drei Jahre und wir werden schon das vierte Osterfest hier begehen.

Es ist Mitte Februar. Wir wollen heute Michel, unseren Neffen in Markendorf, zu seinem Geburtstag besuchen. Wie immer fällt in diese Zeit das Zampern in dieser Gegend, bei dem ein Umzug von fröhlichen Menschen, lustig bekleidet, herumzieht, angeführt von einer Kapelle aus den umliegenden Dörfern. Dann klingelt eine Person, meistens ist es Birgit, die immer Aktive, an unserer Haustür und fordert Jürgen zum Tanz auf, und mich dann schon ein etwas älterer Tänzer, bis jetzt war es immer derselbe. Vorher gibt es natürlich ein Schnäpschen, die Kapelle auf der Straße spielt Tanzmusik und die dazu gehörenden Trommler, die schon von weitem zu hören waren, haben alle umliegenden Anwohner aus ihren Häusern gelockt. Alle tanzen, trinken, oder schauen nur zu. Das Wichtigste aber wird dann meistens von einem Jugendlichen in die große Kiste auf dem Wagen verstaut. Es sind Eierpakete, Likör- oder Weinflaschen und natürlich Geld-spenden, denn am kommenden Sonnabend ist Eierball.

Das erste Mal, als wir das Zampern erlebten, waren wir bei diesem anschließenden Spektakel auch dabei: Es standen kostenlos Eiergerichte zum Abendessen bereit und dazu wurden die gewünschten Getränke serviert.

"Bedient euch!" rief uns von einem nahegelegenen Tisch jemand zu. "Da stehen Teller! Hier ist noch Platz!" Dann wurde gegessen, getrunken, getanzt und gelacht und die Trommler trommelten um die Wette. Es war eine ausgelassene Stimmung, bei der wir im Laufe des Abends nette Anwohner kennenlernen konnten. Das Ganze findet in der dazu lustig ausgestatteten Turnhalle statt, die auch heute das Ziel des Umzugs ist. Sie liegt uns gegenüber hinter Rosas Haus.

Aber es ist schon 14 Uhr und von Trommlern noch nichts zu hören. Wir wollen um 15 Uhr bei Michel sein, also müssen wir in einer halben Stunde los. So baue ich unsere Spenden vor der Haustür auf mit einem Zettel versehen "Bitte mitnehmen!", denn weit können die Leute eigentlich nicht mehr sein. So ist es auch. Auf dem Weg nach Markendorf sehen wir sie schon. Wir sind gezwungen anzuhalten, Jürgen bekommt durch das Autofenster den obligaten Schnaps gereicht und mit guten Wünschen werden wir von der übermütigen Truppe verabschiedet.

Genau nach einer halben Stunde steuere ich den Wagen vor die Garage auf Michels Grundstück in Markendorf, wo wir vom Geburtstagskind gleich herzlich empfangen werden. Im Haus kommen uns Irina, ihre Mutti Kerstin und ihr Sohn Rainer mit Frau Saskia, die aus Erfurt angereist sind, freudig entgegen. Das junge, frisch verheiratete Paar hat sich dort an der Universität kennengelernt, genau wie Rainers Eltern Irina und Michel vor 30 Jahren. Sie waren damals nach dem Studium in Markendorf ansässig geworden, während ihre Kinder jetzt in Thüringen Arbeit gefunden hatten.

Diesmal haben unsere Gastgeber eine besonders lange Tafel aufgebaut, staunen wir. „Die anderen, meine Schwester und die Nachbarn kommen noch," ruft Irina. „Setzt euch irgendwo hin und fangt schon an!" Beim Essen und Trinken wird viel gelacht und geschwatzt. Wir kommen auf das Thema Geld zu sprechen: Ausgeben, Sparen, auf den Kopf hauen, An- und Verkauf, Trödelmärkte und andere Dinge, die etwas mit Geld zu tun haben. Irina erzählt wieder ihre Story, wie sie in Dürrenhof unser Haus aufgesucht hatten, als es noch zum Verkauf stand.

„Wir standen neugierig vor eurem Haus, als eure Nachbarin von Gegenüber, ick globe Rosa, aus ihrem Garten uns zurief, ob wir det Haus kofen wollten", erinnert sie sich. „Nee, nee, hab ick gesagt, wir nicht, aber unsere Verwandten aus Suhl." Und da hat die uns erzählt", fährt Irina fort, dass sich die Eigentümer des Hauses übernommen hätten und dass es schon lange leer steht. „Die werden det nich los," hat sie gesagt, „zu teuer!"

„Das hättest du uns mal damals sagen sollen," rufe ich aufgeregt. „Nee, nee," höre ich, „da hattet ihr mit denen doch schon verhandelt." „Ja", beginne ich nun allen zu erzählen, die es noch nicht wissen, „ich werde von Fehlern, die ich mache, auch nicht klüger." Manche sehen mich fragend an. „Also, na, ja," fange ich zögernd an, „wir haben zuerst bis zu einer bestimmten Preisgrenze im Internet nach passenden Häuschen im Bungalowstil gesucht, aber lange nicht das Richtige gefunden. Da begannen Jürgen und ich in einer etwas höheren Preisklasse zu googeln." „Da gab es tolle Häuser," ergänzt er.

Und nun erzähle ich die ganze Geschichte von unseren vergeblichen Besichtigungen, von Andreas, der uns fast bis nach Wismar und zurück gefahren hatte, um uns bei der Suche zu helfen. Wir erlebten, dass immer irgend etwas nicht passte, entweder die Lage oder die Rahmenbedingungen, verwahrloste riesige Gärten oder viel zu viel Gerümpel auf den Dachböden, unappetitliche Küchen und Bäder, heruntergekommene Bauten und vieles mehr.

Jürgen malt nun so richtig aus, was wir alles zu sehen bekamen und wie oft wir wieder enttäuscht zu Hause ankamen. „Bis wir in Mecklenburg/Vorpommern, fast bei Wismar, das Haus fanden, wo alles stimmte," rufe ich dazwischen. „Es passte alles. Die kleine Küche, die dableiben sollte, das freundliche Wohnzimmer mit einem kleinen Erker und anschließender Glasveranda, die sauberen schönen Bäder sowohl oben als auch unten."

Fragende Blicke sind auf mich gerichtet. „Na, ja" sage ich gleich, „es gab da auch ein ausgebautes Dachgeschoss, was wir eigentlich nicht wollten, aber das wäre ideal für unsere Gäste gewesen. Alles andere, was wir brauchten, befand sich im Parterre." „Und warum habt ihr das nicht genommen? War das zu teuer?" fragt jemand aus der Runde.

Das erklärt nun Jürgen alles, während ich meinen Gedanken nachhänge. Die „nette" Besitzerin, so meinte er, hätte schließlich am Telefon erklärt, dass sie den jungen Leuten nun doch zugesagt hätte, die vor uns schon mal bei ihr nachgefragt hätten. Und inzwischen hatten wir unser Haus verkauft!

In mir steigt immer noch die Empörung auf, als ich daran zurückdenke. Ich fragte sie bei unseren Verhandlungen, ob sie den jungen Leuten nicht verpflichtet wäre. „Nein, nein" beteuerte sie, „die haben scheinbar nicht genug Geld. Sie haben zuerst zugesagt, sie bekommen es."

Und nach einer Woche dann die Absage. Ich war richtig verliebt in das kleine Häuschen, obwohl das Wohnumfeld wegen seiner engen Bebauung nicht ganz unseren Vorstellungen entsprach. Damals lief ich verweint in der Wohnung herum, fällt mir wieder ein, als ich die Absage am Telefon hörte. Ich machte mir noch Vorwürfe, dass wir nicht gleich, zu Hause angekommen, die Kaufabsicht bestätigt hatten. Aber da gab es soviel anderes zu regeln. Die Käufer unseres Hauses aber trösteten uns, dass sie warten würden, bis wir wieder etwas Passendes gefunden hätten. Aus meinen Gedanken gerissen höre ich die Frage, warum ich aus Fehlern nicht klüger würde.

„Ach, natürlich, das wollte ich ja eigentlich erzählen." Nach diesen vielen Enttäuschungen kam nun die Besichtigung unseres jetzigen Hauses. Die Besitzer empfingen uns freundlich mit selbstgebackenem Kuchen, wir saßen in der Remise und um uns herum blühten noch die letzten Rosen und Dahlien. Kein Gedanke mehr an den geforderten deutlich höheren Preis oder die fehlende Küche. Auch dieses Haus gefiel uns und wir erklärten unsere Bereitschaft, es zu kaufen.

Herr Hags entfernte gleich das vorgehängte Verkaufsschild vom Gartentor und zeigte Jürgen die technische Ausstattung und die Gartengeräte, die wir übernehmen könnten.

Frau Hags dagegen, ich werde wieder wütend, wenn ich daran denke, führte mich durchs Haus, meine Begeisterung ausnutzend. „Wollen sie nicht diese schönen Gardinen?" Ich war scharf auf die gehäkelten Scheibengardinen, das hatte sie gleich gemerkt. Dann zeigte sie das wunderschöne Bad mit den Einbauschränken und den Hundertwasser-Kacheln. Jedenfalls war ich so doof und versprach, für alles zusammen noch 1000 € draufzulegen. Jürgen schien es ähnlich zu gehen. Auch er war „blind", denn er war sofort einverstanden. Vergessen war die fehlende Küche!

„Jetzt stellt euch vor", ereifre ich mich nun noch mehr. „Als dann später beim Notar alles verhandelt wurde und bevor es zur Unterzeichnung des Kaufvertrages kam, wollten die Hags plötzlich noch drei Monatsmieten zu je 1000 € von uns. Wir würden ja schließlich unberechtigt vor dem Umzugstermin zum Malern in das leere Haus wollen. Das war dann aber doch zu viel und ich protestierte lauthals. Dann malern wir eben, wenn wir eingezogen sind, sagte ich aufgebracht. Obwohl das unmöglich gewesen wäre mit den vielen Umzugskisten und den einzelnen Küchenteilen.

„Trotzdem," rief Irina, „det hätte ik och gemacht!"

Aber Herr Hags lenkte zum Glück schließlich ein mit den Worten „Wir machen alles wie besprochen". Und damit war das Drama beendet. Inzwischen hatte ich ja nun doch Frau Hags richtig kennengelernt mit ihrer Geldgier.

„Sie wollte so vieles extra bezahlt haben, was uns ja eigentlich schon versprochen war oder uns schon gehörte, wie etwa der Kronleuchter, der inzwischen schon längst ausgewechselt worden ist. Da könnt ihr mal sehen, wie dumm ich war," will ich nun dieses Thema beenden.

Da sagt Kerstin tröstend: „Also, das verstehe ich. Hinterher ist man immer schlauer als vorher."

Auf dem Nachhauseweg fährt nun Jürgen und ich mache die Augen zu. Aber die Gedanken lassen sich nicht vertreiben. „Diese schönen Gardinen mit dem ganzen Drum und Dran habe ich schon längst verschenkt, und das rote Ledersofa, das damals kurz vor dem Notartermin immer noch im Wohnzimmer herumstand, das ich von Herrn Hags nach einem großzügigen Angebot abgekauft hatte, ging jetzt über eBay für 1 € weg. Beruhige dich," denke ich," das ist heute alles nicht mehr wichtig." „Mit dem Wohnen in Mecklenburg/Vorpommern wäre es ja auch nicht so gut wie hier gewesen," stelle ich weiter fest. „Da wären wir zu weit von Freunden und Verwandten weg gewesen. Hier haben wir Michel mit Familie, Sven in Teltow und meine Schwester Sigrun in Berlin, Jürgens Nichte Iris auch noch in Berlin. Andreas wäre auch noch weiter weg als jetzt von Leipzig bis hierher."

Als ich die Augen öffne, sehe ich schon den Ortseingang. „Gleich sind wir zu Hause," rufe ich.

Im Februar scheinen besonders viele unserer Bekannten hier geboren worden zu sein. Am 17. Martha von der Scheune und meine Chorleiterin aus Lübben. Vorige Woche waren wir bei Anni Borowski eingeladen, die mit ihren vier Geschwistern nachfeierte. Das war für mich besonders schön, denn Anni stammt wie ich aus Ostpreußen. Wir beide verstanden uns von Anfang an gut. So mancher Ausdruck von früher wurde in Erinnerung gebracht. „Habt ihr schon geschmengert?" fragte sie, als sie zum Zugreifen aufforderte.

Morgen hat Rosa zu ihrem Geburtstag eingeladen. Sicher werden dazu auch unsere rechten Nachbarn Elke und Fred kommen. Da wird das Neueste von nah und fern zu erfahren sein. Rosa war die erste und einzige, der ich damals den Tod unseres Sohnes anvertraut hatte. Da war ich sicher, dass es jeder erfahren würde und ich die traurige Angelegenheit nicht jedem extra erzählen müsste.

Der Feierei zu den Geburtstagen kann man auf dem Dorf sowieso nicht entgehen. Generell wird vormittags bei guten Bekannten oder Nachbarn gratuliert, falls man nicht zu einem bestimmten Zeitpunkt eingeladen wurde. Sollte man verreisen, um dem allen zu entgehen, muss man auf alle Fälle nachfeiern, denn die Gratulanten kommen so oder so.

Zu Jürgens 80. im Januar 2015 luden wir zum Kaffee in die Gaststätte Meier alle guten Bekannten und Nachbarn ein. Die Verwandten kamen nach und nach dazu. Ein gelungener Höhepunkt war das Quiz in Anlehnung an „Wer wird Millionär" von Günter Jauch, womit Andreas uns überraschte und alle Anwesenden einbezog. Danach ging es nach Hause, wo die Verwandtschaft im eigenen Heim weiterfeierte. Das Abendessen ließen wir auch von Meiers liefern. So waren wir unter uns und es wurde richtig gemütlich beim Quatschen und Trinken. Klein-Susanne wollte gar nicht wieder weg, als Mama Marina sie anzog und Sven das Auto zum Heimweg startete.

Beim Frühstück am nächsten Morgen half Sigrun, als die Gäste in ihren Quartieren ausgeschlafen hatten und nach und nach eintrudelten. Es waren immerhin noch fast alle Verwandten zusammen, außer uns noch Marion und Andreas, sein Sohn Benedikt mit seiner Freundin Bille, die Mathematikstudenten aus

Freiberg, Iris mit ihrem Freund aus Berlin sowie Irina und Michel aus Markendorf.

Aber Ende des Jahres 2015 wollte ich diesen Aufwand zum 75. Geburtstag nicht mehr treiben. Die Kräfte lassen doch zunehmend nach, das müssen wir uns nun eingestehen. Aber was sollten wir machen. Ende November bis zum Jahreswechsel waren die hiesigen Gasthäuser und auch die Pensionen mit Frühstück geschlossen. Der Zeitpunkt der Feier war von mir nun leider festgelegt worden, denn der richtet sich nach den Terminen des Lübbener Spreechores. Der sollte auf alle Fälle zu meinem Jubiläum auftreten. Jedes Chormitglied konnte sich wünschen, was er zu einem besonderen Ehrentag möchte. Entweder vor der Probe am darauffolgenden Dienstag mit einem kleinen Programm zu Sekt und Gebäck oder als Beitrag zur Feier zu Hause oder in der Gaststätte.

Während meine Verwandten diesen Chor schon mehrmals erlebt hatten, wollte ich doch zu gern meinen Bekannten aus Dürrenhof die Güte des Chores vorführen, in dem ich nun schon ein ganzes Jahr Mitglied war und von dem ich ihnen manchmal vorgeschwärmt hatte. Endlich hatten wir eine Lösung gefunden. Gar nicht weit von hier entfernt, nur 5 Autominuten, gibt es einen Gasthof, bei dem wir schon mehrmals eingekehrt und sehr zufrieden waren. Der Wirt sagte sofort zu, nachdem er seinen Zeitplan überprüft hatte. Sogar Schlafmöglichkeiten waren da, soviel wir wollten.

Drei Wochen vor der Feier sollte die genaue Planung erfolgen. Bei diesem Treffen war auch die Ehefrau des Wirtes dabei. Wir besprachen alles, vom Sitzplan, den Preisforderungen, über das Büfett, die Speisen bis hin zum Tischschmuck und wurden uns schnell einig. Wir hatten ein gutes Gefühl, als wir die beiden verließen.

Eine Kleinigkeit veranlasste mich dann aber, 14 Tage vor der Feier, dort ein paar Dinge zu verändern. Diesmal stimmte aber irgendetwas nicht. Der Wirt war so aufgeregt. Vielleicht störe ich, dachte ich, und wollte ein anderes Mal wiederkommen. Das aber wurde verneint. Seine Frau bekam ich gar nicht erst zu sehen. Zu Hause erzählte ich Jürgen von meinem Eindruck. „Der läuft wie ein Tiger im Käfig hin und her und geht gar nicht auf meine Vorschläge ein," erzählte ich. „Er wiederholt nur immer wieder: Det kriegn wa schon hin!"

Am besten wir schreiben alle Forderungen noch einmal auf und lassen die dann abzeichnen zur Bestätigung, waren wir uns einig. Mit so einer Liste fuhr Jürgen dann am nächsten Tag noch einmal zum Gasthof. Schnell kam er wieder zurück. „Was ist?" fragte ich misstrauisch.

„Ich habe alles abgesagt," erwiderte er aufgebracht. „Wieso?" rief ich entgeistert. „Ja, stell dir vor, der Mann hat außer uns noch 60 Leute zusätzlich angenommen. Die hätte er nicht ablehnen können. Es ist die Feuerwehr des Kreises, die im Saal sitzen wird, den wir ja sowieso nicht wollten." „Aber die müssen bedient werden, und dann nur eine Toilette für die vielen Menschen genau da, wo der Chor sitzen sollte. Das wird alles viel zu eng," stellte ich nun auch fest. „Das habe ich ihm ja gesagt und dass wir uns deshalb wohl trennen müssten. Der war richtig erleichtert, als ich ihm diesen Vorschlag machte," meint Jürgen.

„Und was machen wir jetzt? Die Einladungen sind raus und mehrere Zusagen auch für die Übernachtungen dort sind schon eingetroffen." Wir waren ratlos. Mit diesem Problem suchten wir dann sofort Josef Borowski auf. Der ist der Ortsvorsteher, vielleicht hat der einen Rat. „Versucht es in Mittweide in dem Gasthof mit dem Wildschwein vor der Tür. Die haben einen Saal, etwas kühl, aber sonst gut." „Hauptsache, sie sind an dem Freitag noch frei," hoffen wir aufgeregt.

Am liebsten möchten wir gleich da hinfahren, um es zu erfahren. „Nein, nein," beschwichtigt uns Josef, „bleibt noch ein bisschen, die machen erst um 17 Uhr auf." Da müssen wir uns schon gedulden. Anni hat auch gleich ein paar leckere Süßigkeiten aufgetischt und ohne einen kleinen Drink kann es auch nicht abgehen. Die beiden sind immer sehr aufgeschlossen und hilfsbereit. Mit ihnen konnten wir schon so manche gemütliche Stunde verbringen.

Im Mittweider Gasthof klappte dann wider Erwarten alles. Die Räumlichkeiten gefielen uns auf Anhieb und schnell schrieb die Wirtin unsere Wünsche auf und gab dazu mit ihrem Mann fachkundige Ratschläge. „Es ging fast alles zu glatt," sagte ich dann auf dem Nachhauseweg. Was soll da noch schiefgehen? Aber nach den schlechten Erfahrungen möchte ich es kaum glauben.

Die Mitteilungen mit der kleinen Ortsänderung werden telefonisch leicht erledigt. Es sind sogar weniger Kilometer von Dürrenhof aus nach Mittweide als zu dem ursprünglich vorgesehenen Gasthof.

Die Feier kann nun kommen und ich sollte mich nur noch freuen. Alle Verwandten, außer Iris und Jürgens 82jähriger Schwester Elise, haben zugesagt. Aus Suhl kommen noch zwei Tennisfreundinnen, die schon mehrere Male auf einer Stippvisite hier aufgekreuzt waren. Sie nutzen die Fahrt wieder zu einem Ausflug nach Polen. Aber über die Zusage von Frisches aus Suhl freue ich mich besonders. Sie bleiben sogar bis Sonntag. Ich biete Übernachtung bei uns an, da können wir uns ausklönen. „Die Feier war sehr schön!", das haben alle gesagt. Mein Wunsch, den Lübbener Spreechor bei den Dürrenhofener einzuführen, ist voll aufgegangen, denn Josef wollte ihn gleich für die kommende Rentnerweihnachtsfeier engagieren.

Unsere Verwandten verließen uns nur leider alle wieder ganz schnell, so wie sie gekommen waren. Ich war ja dankbar, dass sie die Teilnahme überhaupt möglich machen konnten, denn jeder musste wegen mir irgendwelche Vorhaben verlegen oder ändern.

Danach freuten wir uns immer wieder, wenn wir die Bilder, die Matse Becker, der Mann von meiner Nichte Katrin, fachgemäß aufgenommen hatte, sehen und das Geschehen noch einmal Revue passieren lassen konnten. Auch die CD von Andreas sahen wir uns immer wieder an. Diesmal konnten wir mein ganzes Leben auf Bildern, die in schneller Folge wechselten, in Begleitung des Geburtstagsliedes „Happy Birthday" vorbeiziehen sehen. Diese zwei Wörter tauchten zwischendurch immer wieder auf und nach einer Weile erkannte man dann, dass die Buchstaben von Menschen dargestellt wurden, durch sportlich arrangierte Figuren von ihnen: Es waren unsere Enkel mit Anhang sowie Irina und Michel, die diese Verrenkungen machten.„Dieser Kerl hat aber auch immer wieder die ausgefallensten Ideen," freute ich mich. Auf die Frage, woher er die Bilder nur hätte, sah ich meine Schwester nur schmunzeln und wusste Bescheid.

Den gemütlichen Teil genossen wir dann ausgiebig mit Gerina und Uwe Frisch beim Kaffeetrinken und Abendessen am folgenden Tag, das wir lange ausdehnten um alle Sorgen und Probleme, die in den letzten drei Jahren entstanden waren, austauschen zu können. Unser Suhler Lehrerinnenchor hatte sich nach meinem Fortgehen aufgelöst und viele Sängerinnen hatten irgendwo einen neuen Sangeskreis gefunden. So auch Gerina. Sie wunderte sich, warum ich nicht mehr im Leuthener Stadtchor mitwirken würde, denn Leuthen ist doch näher zu Dürrenhof als Lübben.

„Das hätte ich auch gern gemacht," pflichtete ich ihr bei. „Wobei auch die Übungszeiten für mich dort viel günstiger lagen. Aber, es stimmte nicht mit dem Chor."

„Wie meinst du das?", wollte Gerina wissen.

„Ja, Martha machte mich mit dem Chorleiter, dem Kantor Herrn Wallner, bekannt. Der wollte mich aber unbedingt für seinen Kirchenchor, die Kantorei, gewinnen, wo auch Martha mitsingt. Als ich dann erfuhr, dass es auch einen Stadtchor mit demselben Leiter gibt, ging ich lieber da hinein. Ich wunderte mich zwar, dass mindestens sechs Sänger aus dem Kirchenchor auch hier vertreten waren, unter anderem auch Jutta, eine vom Vorstand des Stadtchores, aber das sollte mich nicht stören. Ich wurde sogar neben sie gesetzt, damit ich alles schneller lernen kann."
„Das ist verständlich," meinte Gerina.

„Diese Jutta, die auch das Sprachrohr des Chores war, wollte nach kurzer Zeit die alte Sitzordnung wieder herstellen mit den Worten „Ich muss wieder neben dir, Regine, sitzen". Das war mir eigentlich egal, aber komisch fand ich das schon. Als dann aber uinser Auftritt zu Weihnachten in der Kirche kam, nachdem der Kirchenchor vor zwei Wochen dort schon seinen Auftritt hatte, wurden mir die Augen geöffnet."

„Wieso?" Gerina sah mich fragend an. „Stell dir vor. Wochenlang haben wir geübt für diesen Auftritt. Als wir dann im Seitenschiff Platz nehmen sollten, sahen wir im Programm, das uns da ausgehändigt wurde, dass wir nur einmal allein singen sollten, und zwar von unserem Platz in den Kirchenbänken aus. Zwei weitere Lieder von uns durften dann auch noch alle Kirchenbesucher mitsingen, so dass wir in der zweiten Stimme unsere Melodie gar nicht mehr durchhalten konnten. Alle anderen Chöre und Vortragenden durften nach vorn gehen, auch die Sänger der Kantorei.

„Hast du das nicht zur Sprache gebracht?", wunderte sich Gerina. Ich habe lange überlegt: „Das ist hier Usus, wurde mir nun klar. Der Stadtchor singt so nebenbei als „Statist", schließlich hat der musikalische Leiter als Kantor außer uns und dem Kirchenchor noch viele andere Formationen unter sich. Da werde ich gar nichts ändern können. Und so war es auch. Als ich dann meine Gründe dem Vorstand schriftlich mitteilte, warum ich lieber wieder austreten würde, wurde viel gebettelt und versprochen, besonders Jutta rief mehrmals an, damit ich ja bleibe, aber dem Leiter wurde nichts mitgeteilt. Ob er jemals etwas von meinem Brief erfahren hat, weiß ich gar nicht. Jedenfalls wussten andere Mitglieder, die ich im Laufe der Zeit getroffen hatte, nichts von meinem Brief."

Nach kurzem Schweigen fahre ich fort: „So hab ich mich im Internet kundig gemacht und meinen Schritt, dort in Lübben mitzusingen, nicht bereut. Das ist da eine ganz andere Stimmung. Du siehst ja, die kommen sogar von sonst wo her (es waren zwar nicht alle da), um einem Chormitglied das Jubiläum zu verschönern." Das konnte Gerina nachvollziehen.

„Solange ich die Fahrerei zu allen Veranstaltungen noch schaffe, einschließlich der Auftritte, das sind jährlich etwa sechs mal, und zur Chorwerkstatt an einem Wochenende im Oktober und März, werde ich dabei bleiben. Und dann habe ich auch noch liebe Freunde aus dem Chor in meiner Stimme gewonnen." Zustimmend meint nun Gerina: „Mal sehen, was unsere Männer machen." Die saßen am Computer und hingen den Erinnerungen an ihre gemeinsame USA-Reise vor zehn Jahren nach.

Naturliebe und Geschmackssache

Dieser Winter war bis jetzt gar kein richtiger. Ab und zu ein Schneeschauer, dessen Reste schnell wieder wegtauten, aber meistens war es bedeckt und es regnete immer wieder. Die Schneeglöckchen wollten sowieso nichts von Kälte wissen und lockten uns mit ihren weißen Glöckchen nach draußen auf die feuchten Wege.

Diesen weißen Frühlingsboten scheint es in dieser Gegend kaum zu geben. In Suhl konnte man sie massenhaft in den Vorgärten beobachten, ebenso wie die gelben Winterlinge. Vergeblich bemühte ich mich, Schneeglöckchen hier im Geschäft zu kaufen.

„Auf dem Friedhof stehen welche," wusste Rosa zu berichten. Aber da wollte ich natürlich nicht graben. Nachdem ich mir mühsam ein paar Exemplare irgendwo ausgebuddelt hatte, kam sie mit einer dicken Handvoll und schenkte sie mir. Freudig verteilte ich sie im ganzen Garten und kann mich jetzt daran erfreuen. Als hätten sie sich im Winter vermehrt, so scheint es mir, wenn ich sie überall in kleinen Gruppen erblicke.

Heute ist es mal etwas freundlicher und manchmal blickt sogar die Sonne durch die Wolkendecke. Von meinem Schreibtisch aus am Fenster blicke ich auf das freie Stoppelfeld gleich hinter unserem Garten und sehe auf der dahinter liegenden Seite die Häuser und Bäume der Landstraße, die vom Dorf wegführt. Etwas schräg nach rechts gewendet kann ich das Haus der Ärztin sehen, die hier die meisten Bewohner der Großgemeinde betreut. Gleich daneben befindet sich die Scheune, in der Martha und Christian wohnen, ehemalige Berliner Lehrer, die sich dieses Bauerngehöft vor etwa 20 Jahren ausgebaut hatten. Die gehören auch zu unserem neuen Bekanntenkreis und immer wieder, wenn wir mal dort eingeladen sind, bewundere ich den Umbau mit den riesigen Verglasungen, der kleinen Wendeltreppe nach oben, die wunderschöne Kaminecke und vor allem den weiten Blick über die Felder. Von hier konnten wir, hinter dem Haus am Lagerfeuer sitzend, schon manche Sonnenuntergänge bewundern.

Wenn ich aus meinem Fenster in den Garten schaue, muss ich an die vielen Veränderungen denken, die wir damals, meist noch im Winter und dann im darauffolgenden Frühjahr vorgenommen hatten. Heute staune ich, wie wir das alles schaffen konnten, manchmal noch mit einer stundenweisen Hilfe durch einen etwas jüngeren Mann aus dem Dorf. So vieles wurde ausgegraben, umgesetzt oder neu angebaut. Wir wollten eine freie Wiese haben und weit blicken können. Als erstes musste die hässliche Hecke hinter der Remise, so nannten wir den Unterstand, in dem man vom Regen geschützt sitzen kann, weichen.

Zum Glück konnte dieses unnütze breite Geäst ein Kran ausheben, den wir von den Bauarbeitern des neu entstehenden Nachbarhauses ausliehen. Diese Remise, an deren tiefliegenden Querbalken wir uns, besonders Jürgen, oft den Kopf stießen, musste angehoben und die schweren, dunklen Dachziegel durch lichtdurchlässige Dachelemente ersetzt werden. Ein geschickter junger Handwerker aus Schuhlen, einem nahe gelegenen Örtchen, wo auch regelmäßig Trödelmärkte stattfinden, hatte diese Arbeit übernommen. Ebenso lockerte er den gepflasterten Garagenweg neben dem Haus auf der nördlichen Seite mit einem aus Lärchenholzpfosten kunstvoll gezimmerten Laubengang etwas auf, damit die Kletterrosen daran hochranken können.

Auch die letzte Erneuerung im Außenbereich hatte er ausgeführt. Der junge Mann zimmerte eine Terrasse am Ausgang vom Wohnzimmer zum Garten, den man nur über drei Stufen nach unten erreichen konnte. Er legte, nachdem er ein Grundgerüst angefertigt hatte, die Terrassendielen einfach darüber. Toni, der

Sohn unserer Nachbarin Rosa, mauerte die entstandenen Öffnungen an den Seiten zu. Alles nach einer Bauzeichnung von Jürgen, das konnte er noch gut, ansonsten waren seine körperlichen Reserven durch die Bau- und Gartenarbeiten restlos verbraucht.

Gleich am Anfang unserer Zeit hier hatte er eine kleine Sitzfläche unter unserem Schlafzimmerfenster entworfen. Ich staunte damals, wie sie nach seinen Berechnungen und mit handwerklichem Geschick entstand. Sie wurde mit einer kleinen Brücke verbunden, die über den von uns gemeinsam ausgehobenen Gartenteich führte. Sie hat den gleichen Belag wie die Terrasse am Hausausgang zum Garten und bildet mit dem kleinen Steingarten und dem Teich dazwischen eine harmonische Einheit. Die Fische haben auch diesen Winter alle überlebt, worüber ich mich jedes Jahr wieder aufs Neue freue. Zum Schluss dann, als letzte größere Arbeit, nahm er sich die Baureste der Hags vor, die als Ersatzmaterialien hier noch herumlagen, und verarbeitete sie zu einem wunderbaren Außenkamin im hinteren Gartenbereich bei den Beerensträuchern. Unser gusseiserner Kamineinsatz, den wir aus Suhl mitgebracht hatten, fand dabei noch eine gute Verwendung.

Aber für einen Innenkamin, wie wir ihn im Wohnzimmer in unserer alten Heimat hatten, reicht der Platz hier nicht aus. Innen könnte man es auch eigentlich so lassen, wie wir es vorgefunden haben, glaubten wir damals.

Heute kann ich wieder die zwei Kraniche von meinem Fenster aus sehen. Sie haben schon vor ein paar Tagen einen kleinen Liebestanz vorgeführt. Also wird es Frühling, obwohl die Minustemperaturen nachts wieder ein wenig angezogen haben. Die ersten schüchternen Gesänge von einigen kleinen Vögeln konnte ich heute auch schon hören, als ich hinter der Remise bei Aufräumarbeiten draußen war.

In der ersten Zeit hier haben wir ganze Scharen von Kranichen auf dem benachbarten Feld beobachten können und vor Begeisterung schnell fotografiert. Mit Staunen bewundere ich auch immer wieder, und zwar zu jeder Jahreszeit, die vielen Wildgänse am Himmel, die in der üblichen V-Formation fliegend vorüberziehen und sich dabei laut schnatternd zu unterhalten scheinen.

Weniger erfreut waren wir allerdings über die Scharen von Spatzen, die mit Vorliebe auf unserem grünen Hausdach in den Nischen der Schrägen und in den Lücken über den Dachrinnen nisteten.

Jedenfalls hatte ich einmal beobachtet, dass eine kleine Meise in einem Nistkasten anfangen wollte, kleine Ästchen und andere Materialien hineinzutragen. Ein frecher Spatz verscheuchte sie schnell, um für sich und seinen Nachwuchs diese Stelle zu übernehmen.

„Diese Spatzen auf dem Hausdach hat schon Herr Hags vergeblich bekämpft," erklärte Rosa. Es waren auch wirklich zu viele und im Frühjahr lagen oft kleine nackte Vogelleichen auf der Wiese herum, ganz abgesehen vom Schmutz, der überall herunterfiel.

Eigenartigerweise waren in unserem ehemaligen Zuhause in Thüringen überhaupt keine Spatzen zu sehen. Ich glaubte schon, dass sie vom Aussterben bedroht waren. So etwas hatte ich einmal gehört. Dort konnte ich nur Amseln, Meisen, Hausrotschwänzchen oder Buchfinken, aber auch sehr viele Grünfinken auf der Straße und an den Futterplätzen beobachten. Und hier diese Masse von Spatzen. Im letzten Frühjahr wollten Jürgen und ich es aber doch wissen. Wir gingen auf den Dachboden und befestigten von beiden Dachfenstern aus Bindfäden, die mit allerhand glitzerndem und klapperndem Material versehen wurden. Wir wollten sie so wie eine Leine befestigen, dass sie straff durch die Luft gezogen wurden und die Spatzen von den im Wind flatternden Elementen vertrieben werden.

Aber so richtig wollte uns das nicht gelingen. Immer wieder lag alles flach auf den glatten Dachziegeln und es bewegte sich wenig. Rosa und Toni machten schon ihre Witze oder Verbesserungsvorschläge. Auch eine ziemlich echt aussehende Krähenattrappe dort oben verängstigte die meisten Spatzen nicht. Da mussten wir schon in die Hände klatschen oder Erdkrumen nach oben werfen, um die kleinen Störenfriede in die Flucht zu schlagen.

Rosa meinte zwar, dass es doch etwas weniger geworden waren. Vielleicht durch die schräge Katzenleiter, die wir als letzten Versuch an Pfosten des Laubenganges befestigt hatten. Einmal konnte ich auch tatsächlich unseren Kater Wittfoot dort oben herum balancieren sehen. Für unsere direkten Nachbarn Elke und Fred allerdings war das Liebesleben der kleinen Dachbewohner nur eine lustige Abwechslung und Elke hatte erzählt, was sie alles durch ihr Küchenfenster Interessantes beobachten konnte.

„Ich habe eigentlich gar nichts gegen die lustigen, frechen Gesellen," sagte ich ihr, „aber schließlich ist im letzten Jahr das Dach vom Dreck, den die Viecher mit ihren Nestern verursachen, von einem Kran aus gereinigt worden. Das war nicht gerade billig."

Um die Singvögel etwas mehr in unsere Nähe zu locken, half mir ein Zufall der Natur. Es wuchsen im letzten Frühsommer viele Sonnenblumen auf den Beeten, wo früher die Hecke gestanden hatte, die zur Straße hin auch weichen musste. Scheinbar waren von den Meisenringen im Winter einige Kerne heruntergefallen. Da brauchte ich sie nicht zu legen. Ich musste sogar einige kleine Pflanzen entfernen, weil sie sonst zu eng gestanden hätten.

Im Sommer dann waren daraus teilweise riesengroße Sonnenblumen entstanden. Es war eine Pracht. Das fanden dann im Herbst auch sehr viele Vögel, die alle zu mir zum Kerne ernten heran flogen. Natürlich waren Kohl- und Blaumeisen die Hauptvertreter, und dazu gesellten sich andere kleine Meisenarten. Im Vogelbuch fand ich die Bezeichnung. Sumpfmeisen sind es.

Es sprach sich schnell herum in der Vogelwelt. Girlitze, Stieglitze, verschiedene Finkenarten, und fast immer war ein Kleiber unter ihnen. Er bewegte sich trotz seines scheinbar klobigen Körpers gewandt und pickte kopfüber die Körner aus den Kapseln heraus. Es war immer sehr spannend am Küchenfenster und ich nahm oft den Feldstecher zur Hand, um bei der Beurteilung der Art keine Fehler zu machen. Kaum glaubte ich, die richtige Bezeichnung gefunden zu haben, da flog der betreffende Vogel schon wieder an eine andere Stelle.

Ich musste das Vergrößerungsglas und das Bestimmungsbuch, mit kleinen Merkzettelchen versehen, immer am Fenster bereit halten. Die Spatzen hatten oft das Nachsehen, weil sie sich nicht so grazil wie die Meisen an einen Ast hängen konnten. So lasen sie das, was heruntergefallen war, von der Erde auf oder versuchten von einem Zweig aus, indem sie den Hals lang recken mussten, einen Kern zu erlangen.

Bei aller Begeisterung über die Vogelbeobachtungen, und ich freue mich auch schon wieder auf ihren wunderschönen Gesang, darf doch nicht vergessen werden, dass es auch im Haus so einiges zu verändern oder zu verbessern gab. Besonders nötig war ein automatisch gesteuerter Antrieb der Außenrollläden. Jeden Morgen die großen Rollläden mit der Hand hochzuziehen, wurde zu mühsam und wir bestellten sehr bald einen Fachmann, der sich als erstes nach der Bauart des Hauses erkundigte und zum Glück erklärte, dass sein System nicht zu unserem Bautyp passen würde. Er nannte nämlich einen so gewaltigen

Preis für die Nachrüstung, dass wir erschraken. Statt dessen wurde Jürgen bald im Internet fündig und baute für alle großen Fenster einen elektrischen Rollladen-Gurtwickler ein, bei dem nicht in die Bausubstanz eingegriffen werden musste. Die Kosten verringerte sich so um ein Vielfaches.

Am Garagentor hatten wir dasselbe Problem. Das wäre auch so ein Argument gewesen, um den Kaufpreis des Hauses herab zu drücken. Man musste nämlich, mit dem PKW angekommen, aussteigen, den langen Garagenweg hingehen, das schwere Tor mit den Händen hochheben und dann noch einmal zurück, um das Auto zu holen.

Das war für uns ja nun doch ein Rückschritt. Auch hier gab es ein kostengünstiges Angebot für einen elektrischen Garagen-torantrieb. Aber mit dem Einbau mühten sich zwei kluge und geschickte Männer, also Jürgen und unser Küchenmonteur aus dem nächsten Dorf zunächst vergeblich nach der Beschreibung, den Antrieb in Gang zu setzen. Ausgerechnet an diesem Tag waren es um die 15 Grad minus. Als sie es schon aufgeben wollten, machte es irgendwie Klick und die Tür ließ sich auf Befehl öffnen und wieder schließen. Keiner wusste so richtig, wie es geschah und was vorher falsch gewesen war.

„Also," fing ich oftmals beim Frühstücken an, wenn wir es mit irgendeiner Diskussion verlängert hatten, „ich möchte hier durchsehen können," und zeigte neben die schmale Schiebetür, die Küche und Wohnzimmer voneinander trennt. „Ich würde am liebsten dieses Stück wegnehmen", sagte ich dann zu Jürgen und zeigte die doppelte Breite der Schiebetür an. „Dann könnten wir wie in Suhl beim Essen in den Garten sehen."

Irgendwann wurde mein Wunsch auch unser Wunsch. Jürgen beauftragte einen Baumeister im Dorf, einen Alleskönner. Er besah sich die Schiebetür und meinte: „Das wird gehen. Wir sägen die Hälfte heraus und setzen eine Glasschiebetür aus zwei Teilen ein." „Für den Fußboden," meinte Jürgen, „wären noch genug passende Fliesen vorhanden."

Schnell war ein Termin vereinbart und in ein paar Tagen war die Tür eingepasst und der Fußboden verlegt. Der Staub, der bei den Bauarbeiten entstanden war, musste mehrmals beseitigt werden. Er lag in der Luft und setzte sich hartnäckig immer wieder ab. Dafür freuten wir uns aber umso mehr über den neu entstandenen Eindruck. Es wirkte alles viel größer und großzügiger als vorher.

„Nun muss nur noch das Gästebad verbessert werden," meinten wir fast gleichzeitig.

„Dieses hässliche Metallgestell mit den Plastewänden um die Dusche herum ist ja schrecklich," stellten wir fest.

Bald danach wurde auch dieses Vorhaben in Angriff genommen und großzügig erledigt, d.h. in Preis und Güte. Bis zur Vollendung wurde es schließlich Weihnachten und zum Fest konnten wir aufatmen. Unsere nachweihnachtlichen Gäste staunten über die gute Lösung und freuten sich, dass sie sich nun hinter 8 mm starken Glaswänden reinigen konnten. Der Duschkopf blieb aber doch noch der alte kitschige, goldene, so, wie auch die Kacheln verziert sind. Für eine vollständige Modernisierung rundherum konnten wir uns erst später durchringen. Aber auch das ist jetzt geschafft. Wir sind jetzt zufrieden und vor allem, das soll nun endgültig alles an Renovierungen gewesen sein.

Katzengeschichten

Im Moment liegt unser schwarzer Kater Wittfoot mit weißem Bauch und weißen Pfoten auf meinem Bett in meinem Zimmer. Das macht er am liebsten nachmittags, wenn ich den Zugang zu diesem Raum freigegeben habe, um mich nach dem Mittag selbst ein bisschen auszuruhen. Aber Wittfoot ist nicht unser ursprünglicher Kater, sondern ein Ersatz für Tira. Sie war die Schwester von ihm, sah auch so ähnlich gefleckt aus, aber war eben ein Kätzchen.

Am besten fange ich ganz von vorn an. Ich hatte schon längere Zeit daran gedacht, mir so einen tierischen Hausfreund zuzulegen und das auch bei passender Gelegenheit Jürgen oder den Nachbarn von diesem Vorhaben erzählt. Nachdem Rosa zwei Kätzchen kurz hintereinander verloren hatte, weil diese unter die Räder gekommen waren, dachte auch sie daran, es noch ein letztes Mal mit dieser Anschaffung zu versuchen.

„Ich kann welche im Nachbarort bestellen," bot sie an. Ich war einverstanden und wollte gleich zwei Tiere, damit diese miteinander spielen können. Ich hatte deswegen in Suhl schlechte Erfahrungen mit meinem schwarzen Kater gemacht. Der war immer zu seinem Katerfreund gelaufen und ich blieb einsam und hatte das Nachsehen.

Irgendwann im Frühjahr erfuhren wir, dass sie geboren waren. Es stand fest, dass Rosa die Glückskatze, also eine bunte, bekam und ich durfte mir eine rote und eine schwarz-weiße aussuchen.

„Morgen können wir die Viecher abholen," erklärte Rosa. Ich war gespannt. Wir fuhren mit dem PKW, damit es mit dem Transport besser klappen würde als zu Fuß oder mit dem Fahrrad. Meinen Katzenkorb nahmen wir mit, um die Kleinen da hineinzustecken. Es ging aber nicht so, wie wir uns das vorgestellt hatten.

„Die gute Katzenmama sitzt mit ihren Jungen um den Essnapf herum oder sie spielt mit ihnen und wir greifen einfach zu." So leicht war es nicht.

Es waren sehr wilde Kätzchen, die Mama gar nicht zu sehen, und als die Jungen fremde Leute in ihrem Revier witterten, waren sie sofort in alle Ecken verschwunden. Es war ein hässliches Umfeld, in das sich die Kleinen hineingedrängt fühlten. Allerlei Schrott und Baumaterial lag da herum. Die Jungen huschten in die kleinsten Ecken und immer, wenn sich einer ihnen genähert hatte und zupacken wollte, waren sie schon wieder in eine andere Lücke geschlüpft. Drei Erwachsene stürzten sich da auf die ängstlichen Tiere. Rosa hätte das gar nicht mehr nötig gehabt, denn ihr wurde das Glückskätzchen mit den Worten „Die wolltest du doch" übergeben. Es war weiß, mit rot und braun getigertem Rücken und nicht ganz so ängstlich wie die anderen.

Ganz entsetzt saß sie einsam in dem großen Katzenkäfig, während wir die anderen weiter jagten und zu fangen versuchten. Wenn man sie doch mal zu packen bekam, wehrten sie sich und jeder von uns hatte schon einen Biss einstecken müssen. Die Kleinen wären sicher auch freiwillig gekommen, wenn sie sich hätten einreden können, dass die „Jäger" nur das Beste für sie wollten und dass ein viel besseres Zuhause auf sie wartete.

Als wir endlich mit den drei Tierchen zu Hause angekommen waren, bat ich Rosa, mir ihr kleines zahmes Wesen für die ersten paar Nächte auszuleihen, damit sich die anderen wilden das Verhalten von ihr abgucken können. Die drei sollten ihr kleines Katzenleben bei mir im Badezimmer beginnen, das ich zu diesem Zweck eingerichtet hatte, mit Katzenklo hinter der Tür und Kissen auf der Fensterbank. Wir ließen sie dann eine Weile allein darin und als wir später zu ihnen sahen, lagen alle drei ängstlich zusammen gekuschelt in der Fensterecke. Was hatten wir ihnen da zugemutet!

„Hoffentlich haben wir sie nicht so sehr geängstigt, dass sie bleibende Schäden davontragen werden," dachte ich und das schlechte Gewissen plagte mich. Am nächsten Morgen stellte ich als erstes fest, dass scheinbar alle das Katzenklo benutzt hatten. Ein gutes Zeichen. Die Gescheckte kam auch gleich zu mir und wollte meine Gunst erwerben. Die zwei anderen merkten bald, dass die neue Umgebung ihnen guttut und bald wollten auch sie nach Katzenmanier ihr Fell an meinen Beinen reiben.

„Nun will ich aber meine Katze haben," meldete sich Rosa nach zwei Tagen bei mir.

„Wo soll sie hin?" rief ich, als ich sie kurz entschlossen gepackt hatte und sie schnell irgendwo absetzen wollte. Ich hatte Angst, dass sie sich auf dem Weg dorthin doch noch aus meinen Händen zappeln würde.

„In die Buchte da," rief Rosa hinter mir her und zeigte auf ein Kastengestell mit einem Brett, das schräg nach unten verlaufend angebracht war. Mühsam schaffte ich es.

Zu Jürgen sagte ich dann später in weinerlichem Ton: „Mein armes Kätzchen hat ganz traurig aus ihrem Gitter hinter mir hergesehen."

„Es ist nicht dein Kätzchen," ermahnte er mich.

„Natürlich nicht!"

Mit meinen Zweien hatte ich auch wirklich genug zu tun und freute mich immer mehr, wenn ich sie morgens spielend im Bad antraf. Nach einer Eingewöhnung ließ ich sie morgens auch im Flur herum toben und sperrte sie am Abend wieder in ihr „Gehege". Sie entwickelten sich prächtig. Der Tierarzt, den Rosa zum Impfen gebeten hatte, bestätigte meine Annahme, dass es sich bei dem Roten um einen Kater und bei der Schwarzen um eine Katze handeln würde.

In dem Tierausweis wurden zunächst an Stelle der Namen die Farben eingetragen. Später erinnerte ich mich gemeinsam mit Andreas, dass seine Tochter Katharina auf Korfu, wo wir mit ihr und ihrem Bruder Benedikt im Herbst gemeinsam in den Ferien waren, ein Kätzchen Tiramisu nannte, weil es so braun und milchig aussah.

„Das kannst du doch auch machen," meinte er. „Die Katze nennst du Tira und den Kater Misu."

Die Idee fand ich toll und so hatten sie ihre Namen weg.

„Nun könnte man es ja eigentlich auch einmal draußen versuchen," dachte ich mir und setzte die beiden kurz entschlossen in den Garten auf die Wiese. Das erwies sich aber als großer Fehler. Kaum hatte ich mich versehen, waren die beiden unter die dunkle Hecke gehuscht und ich konnte nur noch ein ängstliches und jämmerliches Piepsen aus verschiedenen Richtungen hören. Da bekam ich aber doch Panik und hatte Angst, dass sie sich noch weiter entfernen würden.

Ich versuchte ganz schnell, die Kleinen wieder einzufangen und rief und lockte mit leckerem Katzenfutter. Irgendwie schaffte ich es und brachte sie erleichtert in ihre gewohnte Umgebung.

Ein paar Tage später war ich aber vorsichtiger bei dem Versuch, sie an draußen zu gewöhnen. Es war putzig, wie sie Schritt für Schritt ihre neue Umgebung mit meiner Hilfe erforschten und den gefundenen Weg vom Haus in den Garten gleich wieder zurück liefen.

Von dem Zeitpunkt an hatten sie sich auch schnell an den Unterschlupf in der Remise und die Futterstelle an den Stufen zum Haus gewöhnt. Wenn dann die Terrassentür geöffnet wurde, schossen sie in wildem Tempo wie ausgehungert an die Stufen zum Futterplatz.

An einem sonnigen Sonntag hatten wir die Idee, zum Tiefen See zu fahren und dort zu baden und Mittag zu essen. Als wir zurück kamen, liefen uns wie gewöhnlich die beiden Katzen entgegen. Ich setzte mich auf den weißen Plastestuhl und sogleich gesellten sie sich zu mir. Aber mein Entsetzen war groß, als der Stuhl unter mir nachgab und in viele kleine Stücke zerbrach. Sofort kam in mir die Angst hoch. „Die Katzen sind unter mir!"

Als ich nachsah fand ich Tira lebensgefährlich verletzt. Ich konnte nur laut schreiend irgendetwas stammeln. Jürgen rief sofort einen Tierarzt an, während ich schockiert zu Rosa rüberlief, immer noch laut heulend.

„Was ist denn los?" wollte Rosa, von oben aus ihrem Fenster schauend, wissen. „Komm runter!" konnte ich nur rufen.

Sie glaubte, mit Jürgen wäre etwas Schlimmes passiert, sagte sie mir später einmal. Als sie sich dann meinen Bericht angehört hatte und die Bescherung besah, konnte sie mich nur noch tröstend beruhigen. Es war wohl keine Hilfe mehr möglich. Die Auskunft vom Tierarzt am Telefon, wir könnten gleich zu ihm kommen, half uns auch nicht mehr. Nach einer ganzen Weile, als sich alle etwas beruhigt hatten und Misu auch unversehrt aus seinem Unterschlupf heraus gekommen war, meinte Rosa:

„Nun hol einen kleinen Behälter und wickle das tote Kätzchen in ein Tuch. Wo wollen wir sie beerdigen?"

Langsam kam ich wieder zu mir, räumte alles auf und konnte nichts am Geschehen ändern. Rosa sagte später tröstend:

„Du kannst doch die letzte Katze von meiner Bekannten holen. Sie will sie ja ebenfalls loswerden." Das machte ich dann auch. Da waren wir aber schlauer als beim ersten Mal und lockten den schwarz-weißen Kater mit etwas Futter in meinen Käfig. Ich nannte ihn später Wittfoot.

Dieses Unglück hatte sich schnell im ganzen Dorf herumgesprochen. Immer, wenn ich es jemand erzählen wollte hörte ich nur:

„Ja, ich weiß schon."

Misu tobte genauso wie vorher mit Tira jetzt mit Wittfoot, als wäre nichts geschehen. Die beiden akzeptierten sich gegenseitig und freuten sich ihres Lebens. Misu war etwas kräftiger als der Schwarze und fraß auch noch die letzten Happen nach dem Füttern, die Wittfoot übrig gelassen hatte. Sein Fell war wunderbar weich und dick und rot getigert. Er hatte auch einen prächtigen buschigen langen Schwanz. Wittfoot dagegen war etwas struppiger und sein Fell hob sich am Rücken manchmal borstig ab. Sein weißer Bauch war aber auch so kuschelig weich wie der des Roten. Diesen liebte ich besonders, ließ es mir aber nicht anmerken und behandelte beide gleichberechtigt.

So nach und nach eroberten die Kätzchen jeden Winkel des Gartens. Mit ihrem Toben und Spielen hatten sie so manches Ziergras flach gelegt.

„Das wächst nächstes Jahr wieder," dachte ich mir. Mehr Sorgen machte ich mir aber darüber, dass hinten im Garten auf einem Holzstapel ein Amselpärchen seine Jungen aufzog. „Hoffentlich entdecken die Katzen nicht das Nest."

Es kam aber so, dass ich nicht um die Jungen, sondern um meine kleinen Haustiere bangen musste. Als die Amseln der Katzen gewahr wurden, fingen sie an, laut zu zetern und auf und ab zu flattern, dass ich glauben musste, sie gehen gleich auf die Kätzchen los.

„Unglaublich," dachte ich, „wie diese Eltern, die körperlich so unterlegen waren, mit ganzem Einsatz um das Leben ihrer Kinder kämpfen." Mit Mühe und Not rettete ich meine Kleinen. Nach ein paar Tagen waren glücklicherweise die Jungen flügge geworden und es nahm auf beiden Seiten ein gutes Ende.

Nach einem halben Jahr etwa ließ ich beide Kater kastrieren. Das Glückskätzchen Paula von Rosa sollte allerdings vorher Junge bekommen, so hatte es der Tierarzt geraten, um es danach auch unfruchtbar zu machen.

„Und wat mach ick denn mit die ville Kleenen?"

Darauf zuckte er nur die Achseln. Bald lief Paula auch mit einem dicken Bauch herum und was mit ihrem Nachwuchs geschehen würde, ließ sich leicht erraten. Daraus macht man hier im Dorf keinen Hehl.

„Ach, lass ihr doch wenigstens eins," bettelte ich. Rosa blieb hart.

„Nachher rennen hier lauter Katzen herum," barmte sie.

„Nur eine mehr," war meine Bitte, „vielleicht ist ein rotes dabei?"

Es waren lauter schwarze, sechs an der Zahl. Ich kam gerade dazu, als es passierte, und wartete ängstlich auf ein rotes, als ich bei dem Geburtsvorgang zusah.

„Wat machst du denn da?" empörte sich Toni, der gerade aus der Tür trat. „Das sind doch ihre Kinder."

Mehr sagte er nicht. Ich musste auch weggehen. Irgendwie konnte ich Rosa ja verstehen. Sie war eine Frau aus dem Dorf und schlachtete auch selbst mal ein Kaninchen. Für sie war das Ganze eine unangenehme Notwendigkeit.

Nach einer kurzen Zeit, etwa einen Tag danach, fand ich Paula bei mir in der Remise. Sie lag da und hechelte nach Luft. Zuerst fürchtete ich, dass ihr etwas fehlte, denn es wurde immer intensiver und es fühlte sich an, als ob sie jämmerlich weinte und schluchzte. Ich tröstete sie und sprach ihr gute Worte zu. Es dauerte lange und ich traute mich gar nicht, sie in diesem Zustand allein zu lassen. Sie tat mir so sehr leid. Katzen können weinen, war meine Feststellung.

Unsere beiden Kater erweiterten immer mehr ihre Ausflüge und es wurde immer anstrengender, sie abends zu finden und ins Haus zu locken.

„Wenn wir einen eigenen Eingang für sie hätten, könnten sie kommen und gehen, wann sie wollen, und die Reinigung des Katzenklos würde auch entfallen," sagte ich immer öfter. Wo ein Katzenfenster eingesetzt werden könnte, wusste ich schon, aber es fehlte eine kleine Leiter und natürlich der Monteur. So gab es für Jürgen doch noch eine handwerkliche Aufgabe, die er mit seinen Kräften bewältigen konnte. Im Internet gab es die tollsten Ideen, wie Katzen in ihr Heim gelangen können. Die verschiedensten Leitern mit Kurven und Wendungen waren zu sehen. Sie hätten ganze Hochhäuser erklimmen können.

Wir brauchten nur eine kleine Höhe zu überwinden, um das Fenster des Hauswirtschaftsraumes im Parterre zu erreichen. Bald fanden wir das Richtige, ein schräges Brett mit Stufen versehen und am oberen Ende ein kleiner Ansitz vor dem Fenster. Mit kleinen Tricks lernten die Benutzer schnell, ihren Weg hinein und wieder hinaus zu finden.

Mit unseren Katern war es eine Freude. Sie tobten umher, neckten und versteckten sich, um dann aus vollem Lauf aufeinander zu zu springen. Dabei purzelten sie übereinander, kampelten und bissen sich zum Spaß. Wenn dann schlafen angesagt war, hatte jeder seinen eigenen Platz.

Manchmal lockte ich mit einer Schnur, um sie zum Spielen zu animieren. Wittfoot ließ sich aus der Reserve locken, Misu schaute nur scheinbar gelangweilt zu. Der Schwarze war insgesamt etwas zurückhaltender, während Misu das Sagen hatte.

Regelmäßig kamen sie morgens vom nächtlichen Streunen ausgehungert durch das Katzenfenster nach Hause. In letzter Zeit hatte der Rote sehr schmutzige Pfoten, so dass ich sie gründlich reinigen musste.

„Wo treibst du dich nur immer herum?" fragte ich dann dabei.

Eines morgens kam nur der Schwarze nach Hause. Ich rief mehrmals nach Misu und glaubte fest, dass er noch kommen würde. Aber gegen 11 Uhr wurde ich doch unruhig.

„Lass uns den Kater suchen gehen," bat ich Jürgen.

Wir liefen über die Wiese neben unserem Grundstück, die an den Garten unseres linken Nachbarn grenzt. Er besitzt ein riesiges Anwesen und man konnte bisher keinen Kontakt zu ihnen aufbauen. Als wir rufend ein Stück Richtung Feld gegangen waren, kam uns eine Frau mit einem Schäferhund entgegen. Ich fragte sie, ob sie vielleicht unseren roten Kater gesehen hätte. „Nein," sagte sie, „aber der," dabei zeigte sie auf das große Gelände des Nachbarn, „der schießt manchmal auf Katzen."

Ich sah sie sehr verwundert an. „Ja, auf meine Katze hat er auch schon geschossen, weil sie an seinem Teich herumlungerte. Sie hat eine Kugel in ihrem Körper. Die Tierärztin hat es auf dem Röntgenbild gesehen."

Ich war entsetzt. Sofort ging ich nach vorn durch den Eingang ins Nachbargrundstück. Hier bastelte gerade ein junger Mann an seinem Motorrad. Es könnte der Schwiegersohn von Herrn Tappert sein, dem hier mehrere Grundstücke gehören. Er war früher auch der Besitzer einer Dorfkneipe gewesen.

„Haben sie meinen roten Kater gesehen?" fragte ich den jungen Mann, der von seiner Arbeit aufsah.

„Nein," sagte er nach kurzem Überlegen. Und dann noch: "Es tut mir leid".

Ich bedankte mich kurz. Als ich mich umsah, lag vor mir ein riesengroßer Gartenteich, etwa viermal so groß wie der von uns. Ich erkannte neben der Wasserfläche ein Stück sumpfiges Gelände, so wie es in Bauzeitschriften für Gartenteiche empfohlen wird. Ich bekam Herzklopfen. Sollte sich Misu hier seine dreckigen Pfoten geholt haben?

Nach nochmaligem Rufen und Suchen fragte ich Rosa, die Nachbarin die auf der gegenüber liegenden Seite wohnt. Auch sie wusste nichts von unserem Kater. Wir unterhielten uns auch über die Vermutung der Frau, die neben dem Kneipier wohnt. Da kam uns auf einmal der gestrige Abend in Erinnerung.

„Das hat mehrmals geknallt, wie Schüsse hörte sich das an," erinnerte sie sich.

„Ja, das haben wir auch gehört und glaubten, dass da wieder mal einer mit Silvesterknallern herum spielt." Rosas Lebensgefährte kam hinzu. Auch er konnte sich an die Knallerei vom gestrigen Abend gegen 21 Uhr erinnern. In mir stieg Ärger auf.

„Den zeige ich an!" sagte ich wütend. Ich hoffte aber innerlich immer noch, dass sich unser Haustier anfinden würde. Aber unser Hoffen war vergebens. Deswegen suchten wir am nächsten Tag die Kripo in Tauche auf.

„Die zuständige Beamtin ist heute außer Haus und kommt erst morgen wieder," erklärte uns eine Frau, die sich nach unserem Ersuchen erkundigt hatte. So konnten wir unsere Beschwerde erst am nächsten Tag vortragen und wollten die schriftliche Anzeige abgeben. Interessiert las die zuständige Polizistin, was wir aufgeschrieben hatten. Nach ein paar Fragen erklärte sie uns, dass das so nicht ginge.

„Am besten ich komme zu ihnen nach Dürrenhof, da nehme ich den Tatbestand auf," gab sie uns zu verstehen. „Passt es ihnen morgen Vormittag?" „Wir sind zu Hause." Mit diesen Worten verabschiedeten wir uns.

Pünktlich erschien zum verabredeten Zeitpunkt die Beamtin in voller Montur mit Polizeiwagen, setzte sich an unseren Küchentisch mit ihrem Laptop, den sie mitgebracht hatte, und ließ sich den ganzen Sachverhalt vortragen.

Zwischendurch erschien noch eine zweite Polizistin mit ihrem Motorrad. Sie wollte gleich zu der Frau gehen, die neben den Tapperts wohnt, um sie als Zeugin zu vernehmen.

„Na," dachte ich, „die treiben ja einen Aufwand wegen unseres Katers." Bei der Anzeige damals gegen den Arzt, als Tobias sich vom Hochhaus gestürzt hatte, meldete sich die Staatsanwaltschaft monatelang nicht

„Nicht nur deswegen," meinte dann Jürgen, der auch überrascht war. „Schließlich darf auch ein Mitglied der Jagdgesellschaft, wie es Herr Tappert ist, nicht einfach so herumballern."

Wir waren froh, dass alle Nachbarn unsere und ihre Aussagen bestätigt hatten. So unterschrieben wir zum Schluss den ganzen Bericht, der bei uns am Küchentisch entstanden war und dann verschwand das große Polizeiaufgebot.

Nun sind wir wieder allein mit unserem Wittfoot. Was ich damals nicht wahrhaben wollte – es reicht auch ein Kater für uns. Das Katzenfenster blieb natürlich für die schlaue Paula nicht geheim. Den Dreh hatte sie ganz schnell heraus. Zum Übernachten schummelte sie sich gern mal durch das kleine Katzentürchen hinein.

Besonders in den kalten Winternächten bevorzugte sie diesen Schlafplatz und benutzte nicht den für sie vorgesehenen Unterschlupf in Rosas Keller. Außerdem lockte immer mal ein für

Wittfoot bereit gestellter Teller mit appetitlichem Futter. Es zeigte sich, dass Wittfoot sich auch dieser frechen Katzendame unterordnete und zusah, wie Paula seinen Teller leer fraß. Den Kampf, sie mit großem Hallo hinaus zu scheuchen, haben wir nun aufgegeben. Paulas Ausdauer war größer als unsere. Zur Not schließen wir abends die Tür vom Wirtschaftsraum ab und überlassen den beiden Tieren die Plätze auf Waschmaschine und Fensterbank.

Übrigens kam nach vielen Wochen, wir hatten den Ärger mit der Anzeige schon fast vergessen, Post von der Staatsanwaltschaft. Es wurde uns sinngemäß mitgeteilt, dass Herrn Tappert keine Schuld nachgewiesen werden kann. Wörtlich heißt es:

„Er bestätigt zwar, berechtigt Waffen zu besitzen, bestreitet jedoch vehement, auf Tiere zu schießen".

Maienfelde

Es ist Anfang April 2016 und ich befinde mich in Maienfelde nördlich von Berlin, in einer Klinik für Manuelle Medizin. Eigentlich wollte ich gar nicht gern hier her, aber meine Schmerzen, die nach dreimal sechs physiotherapeutischen Behandlungen nur noch schlimmer wurden, zwangen mich dazu, hier um Aufnahme zu bitten. Vorgesehen sind etwa zwei bis drei Wochen Aufenthalt, die hoffentlich ausreichen werden, um meine Probleme zu lindern oder gar zu verbannen.

Das Klinikgelände liegt mitten im Wald, den man zu Fuß schnell erreichen kann, sofern es die Pausen zwischen den Behandlungen erlauben und falls man nicht zu sehr behindert ist, sich normal fortbewegen zu können. Es gibt auch einen kleinen See gleich am Rande des Waldes und immer, wenn ich einmal wieder Gelegenheit habe dort hinzugehen, freue ich mich über das Zwitschern, Ziepen, Zirpen und Flöten der unterschiedlichsten Vögel.

Das Lied des Buchfinken kenne ich schon von klein auf. Meine Mutti erklärte mir die Liedfolge etwa so: „ts, ts, ts, 's ist noch viel zu früh."

Mit den letzten drei Wörtern des Liedes meinte sie den Schnörkel zum Schluss der Strophe. Es ist erstaunlich, mit wie viel Eifer die Meisen, Amseln oder Finken und andere Vogelarten jetzt ihre Nester bauen. Da sieht man plötzlich von weitem, dass sich welkes Laub abhebt, Blätter hin und her fliegen, Äste durcheinander und zur Seite geworfen werden, und dann erscheint auf einmal ein Amselkörper, dessen Schnabel, hin und her tastend, das Unterholz zu sortieren scheint. Neulich blieb ich stehen, weil ein kleines Rotkehlchen sich ganz in meiner Nähe auf einen Ast setzte. Gleich fing es mit seinem Gesang an. Bis jetzt hatte ich diesen freundlichen Gartenbesucher nur immer schüchtern vorbeihuschen sehen. Nun hörte ich sein Lied. Es klingt wie eine Mischung aus Buchfink und Amsel, wollte ich mir merken. Leider flog er dann wieder weg und ich konnte meine Vermutung nicht mehr bestätigen.

Ein anderes Mal wurde ich auf eine Bewegung am Boden aufmerksam. Etwas Graues oder Braunes huschte da entlang und nach kurzem Innehalten entdeckte ich den kleinen Vogel mit den schräg hochgestellten Schwanzfedern. „Es ist wohl der Zaunkönig," dachte ich, „und er hat sein Nest scheinbar dort zwischen dem Reisig auf dem Boden versteckt, in das er dann hinein gehuscht ist."

Jetzt gehe ich immer mit freudigem Erwarten in die Natur und bin gespannt, was es wieder zu entdecken gibt.

„Es wird nun doch Frühling," stelle ich fest, „obwohl die Sonne manchmal zu viel verspricht mit ihrem freundlichen Schein, bei dem alles viel schöner und strahlender wird." Aber es weht noch ein kühler Wind. Das helle Grün der neuen kleinen Blätter wird leuchtender mit dem Sonnenschein. Das Moos scheint das Grau des Laubes vertreiben zu wollen. Die hellgrünen frischen Halme der Gräser und Erikapflanzen, die jungen Farne und Brennnesseln und die Blättchen von den Baumsämlingen, die aus dem Laub hervorragen, lassen die Übermacht des Grüns über die graubraune Laubschicht erahnen.

Als ich von zu Hause wegfuhr, blühten die Osterglocken, die Narzissen und die ersten Hyazinthen, die Tulpen zeigten schon ihre dicken Knospen und die Forsythien, die jetzt hier in voller Blüte stehen, waren dort schon verblüht.

Obwohl man hier laufend irgendwelche Arten von Behandlungen durchzustehen hat, bleibt mehr Zeit zum Nachdenken als zu Hause.

Gestern war ich beim Psychologen bestellt und hatte mir vorgenommen, nicht zu viel von meinen Sorgen und Problemen zu verraten. Aber natürlich hatte ich nicht mit der Raffinesse dieser Ärztegruppe gerechnet. Er lenkte mich auch mit Fragen über meine Beschwerden und über die Ursachen meiner Schmerzen ab, so dass ich kaum merkte, wie wir beim Thema Depressionen mitten im Gespräch schon bei meinen psychischen Problemen waren und ich unter Tränen doch von vorn bis hinten alles über das Unglück mit Tobias berichtete. Zugegeben, der junge Mann war mir auch sehr sympathisch, sonst hätte er das nicht so schnell geschafft, mich zu überrumpeln.

Die Gedanken wandern dann auch regelmäßig nach Hause, wie da so alles läuft und ob Jürgen allein zurechtkommt. Beim abendlichen Telefonieren kann er mich dann leicht beruhigen und ich erfahre viel über seine Arbeit im Haus und im Garten, was dort alles blüht und wie er alles schafft. Wir werden uns künftig nicht mehr so stressen, nehmen wir uns beide vor.

„Ach, über das Gespräch mit dem Anwalt muss ich dir noch berichten," sagte er beim letzten Telefonat.

„Ja, erzähle!"

„Er will mit der Anwältin von Philip Hollnik zusammenarbeiten und die Testamente von Christel und Heinz anfechten, wir müssten ihm wenn nötig, Auskünfte erteilen. Dann käme ich als gesetzlicher Erbe wieder ins Spiel. Er schlägt vor, auf Honorarbasis zu arbeiten, d.h. wir hätten zunächst keine Kosten zu übernehmen. Nur im Gewinnfall bekäme er etwa 15 Prozent von dem Geld, das ich aus dem Erbe von Christel bekäme. Ein entsprechendes Angebot will er uns nach Abstimmung mit der Anwaltskammer schriftlich geben."

„Na, denn ist ja gut," sagte ich beruhigt.

Christel, die Kusine von Jürgen, und Heinz, ihr Mann, waren Lichtblicke für uns in der DDR-Zeit. Sie besuchten uns in Wismar und später in Suhl, wir trafen sie mehrere Jahre hintereinander am Müggelsee in Berlin, wo wir Urlaub machten. Sie waren in der Modebranche tätig, Heinz als Geschäftsinhaber und Christel als kreative Gestalterin. Wenn sie uns besuchten, überraschten sie uns mit großzügigen Geschenken, besonders die Frauen der Verwandtschaft profitierten und bekamen von der westlichen Kollektion die schönsten Kleidungsstücke. Die Damen wurden auch immer gleichberechtigt bei den Treffen zum Geburtstag von Jürgens Mutter in Perleberg bedacht. Auch unsere Kinder freuten sich bei den Besuchen von Tante Christel und Onkel Heinz über die Geschenke zur Jugendweihe.

Nach der Wende wurden Karsten mit seiner Frau sowie Jürgen und ich zu je einer Reise in die Villa Yosefia an der Algarve eingeladen – mit vorherigen Stippvisiten in Rom bzw. Paris. Heinz hat alles finanziert. Sie waren so großzügig zu uns.

Leider wurde Heinz kurz danach sehr krank, musste das Geschäft aufgeben und wir besuchten ab jetzt Christel und Heinz jedes Jahr im Anschluss an unseren Urlaub in Polen. Diese Besuche nahm besonders Heinz, der an Parkinson litt, dankbar an. Unser letztes Treffen war bei ihnen in Wolfsburg, als wir auf dem Weg nach Teltow zu unserem Enkel gewesen sind. Leider das letzte Mal, denn die Todesnachricht von ihm überbrachte Christel telefonisch mit den Worten:

„Nun ist es doch so gekommen, wie du befürchtest hast, Krimhild," sagte sie zu mir, „Heinz ist gestern eingeschlafen und ihr habt ihn nicht mehr gesehen."

Als wir in dem Jahr zuvor wieder aus unserem Urlaub auf dem Weg zu einem angemeldeten Besuch bei ihnen unterwegs waren, erhielten wir einen Anruf von Christel auf unserem Handy, dass es Heinz sehr schlecht ginge.

„Ich habe schon überall angerufen und euch nicht erreicht," sagte sie aufgeregt. „Kommt lieber nicht, Heinz ist nicht ansprechbar. Den Notarzt habe ich schon informiert."

So konnten wir enttäuscht, aber gerade noch rechtzeitig auf der Autobahn den Weg zu uns einschlagen. Von zu Hause rief ich dann besorgt am nächsten Morgen bei Christel an. Wir vereinbarten einen neuen Besuchstermin, den wir dann aber nicht wahrnehmen konnten. Deswegen die Worte von ihr bei der Todesnachricht.

Heinz und Christel, beide so alt wie Jürgen und ich, haben intensiv gelebt, sind viel gereist, haben viel gearbeitet, er reichlich getrunken, sie viel geraucht. Christel hatte im Alter ein sehr schwaches Herz.

„Ich kann kaum den Stuhl anheben," klagte sie manchmal bei den letzten Besuchen bei ihr. Ich durfte dann ihren Hund ausführen.

„Wie geht es dir, Christel?" fragte ich sie nach Heinzs Tod am Telefon. „Ach, Krümel, dich wollte ich schon so lange anrufen," rief sie aus, „ich habe mit dem Erbe zu tun."

„Brauchst du Hilfe?"

„Nein, ich habe ja meine Anwälte."

Christel versprach, uns im Frühjahr zu besuchen. Leider wurde daraus nichts mehr. Über Elise erfuhren wir dann, dass sie verstorben sei. Organversagen. Von einem Last-Minute-Testament auf ihrem Todeslager erfuhren wir erst nach der Beerdigung, bei der sich die engsten Verwandten und Freunde bei einem anschließenden Essen trafen. An Geld hatte ich nie gedacht, aber Jürgen meinte, dass Christel einige Millionen besitzen würde. Das hätte ihm Heinz einmal erzählt. Wenn ich jetzt darüber nachdenke, verstehe ich nicht, wie man so viel Geld horten kann, wenn man weiß, dass man so sehr krank ist.

Jürgen wurde als ein Erbberechtigter von dem Nachlassrichter aufgefordert, die Verwandtschaftsverhältnisse aufzuzeigen. In dem Testament, das drei Tage vor Christels Tod im Krankenhaus unterzeichnet wurde, blieb er unberücksichtigt. Als wir dieses Testament dann sahen, Christels zittrige Unterschrift war gerade noch zu entziffern, waren wir schon erstaunt, was es so alles gibt. Das kann nicht mit rechten Dingen zugegangen sein, glaubten wir und besagter Anwalt erklärte uns, dass ohne Zeugen keine Änderung möglich wäre.

Laut Testament sollten drei Personen erben, Karstens Frau und zwei entfernte Verwandte von Heinz, ein Herr Mauser und sein Bruder zu je einem Drittel. Alle anderen Verfügungen seien außer Kraft gesetzt.

„Wir werden uns damit nicht herumärgern," war unser Entschluss und Jürgen verzichtete auf das Erbe. Nun aber der Knackpunkt. Heinz hatte einen unehelichen Sohn, der heute einundzwanzig Jahre alt ist. Es ist Philip Hollnik, den Nachnamen hat er sofort nach Heinzs Tod angenommen. Seine Mutter ist Polin und Christel hatte mir damals am Telefon erzählt, dass sie ständig auf der Matte stehen würde, weil sie für ihren Sohn das Erbe will. Sie wolle sich aber nicht mit ihr einigen.

Die Anwältin von Philip, die sein Erbe erstreiten will, fand in den Unterlagen des Nachlassgerichts auch unseren Namen und nahm Kontakt mit unserem Anwalt auf. Ihr ist die ganze Erbgeschichte unglaubwürdig. Sie würde evtl. eine Testamentsanfechtung in beiden Fällen (Heinz, der seinen Sohn enterbt und Christel, die das Geld von Heinz weiter vererbt hat) anstreben und würde so die bisher gezahlten Gelder einfrieren lassen. Am Ende ihrer Bemühungen sollte die gesetzliche Erbfolge stehen. Na Hilfe, so denke ich, das kann dauern. Ob wir das Ergebnis noch erleben werden?

Aber wenn es nichts kosten würde, wäre es für uns in Ordnung, wenn man damit die Erbschleicherei aufklären könnte. Es ist eigentlich traurig, sagen wir manchmal, wenn wir über dieses Thema diskutieren. Da haben die beiden Verstorbenen früher, wenn wir zu Besuch bei ihnen waren, sich über Erbgeschichten anderer Reicher amüsiert und lachten über deren Streitigkeiten. Nun werden sie selber Opfer geldgieriger angeblicher Helfer.

Und von helfen kann ja auch nicht die Rede sein, denn Christel stand bei Heinzs Beerdigung ziemlich allein und hilflos da. Die bestellte Gaststätte war völlig überfüllt, das Essen reichte kaum, so dass manche Gruppen sich woanders beköstigen ließen. Die Brüder Mauser ließen sich damals nicht sehen.

Atempause

Nun will ich aber wieder an das Leben denken. Mit meinen Schmerzen hat sich nicht viel verändert, trotz oder gerade wegen der vielen Therapien. Ich will bald wieder nach Hause, denn das Schlafen hier ist, trotz teurem Einzelzimmer, eine Katastrophe. Hier zu Hause hat mein Neurologe aber ein Schlafproblem klären können.

"Das kann ich mir denken, dass sie nicht schlafen konnten," sagte er bei der nächsten Konsultation, nachdem er den medizinischen Abschlussbericht aus Maienfelde studiert hatte. "Sie haben das Schmerzmittel Novaminsulfon 500 mehrmals am Tag eingenommen. Es hebt die Wirkung von Madopar auf, das ihnen gegen RLS[4] helfen sollte. Da finden Sie natürlich keine Ruhe."

Etwas ungehalten antwortete ich ihm, dass ich die dort für mich verantwortliche Ärztin Frau Dr. Mahler extra nach einer Nebenwirkung gefragt hatte. Schon wieder ärgere ich mich über die leichtfertige Handlungsweise mancher Ärzte. "Wir arbeiten hier interdisziplinär mit allen Fachrichtungen zusammen," rief sie aus, als ich mich nur zögernd bereit erklären wollte, mit einem Psychiater zu sprechen.

"Immer dieser Ärger mit dem RLS[4], wenn ich einmal im Krankenhaus bin. So langsam müsste doch nach so vielen Jahren diese Krankheit bei allen Ärzten angekommen sein."

Der medizinische Abschlussbericht veranlasste meine Hausärztin hier, mich einer Opioid-Therapie zu unterziehen. Das bedeutet wöchentliches Pflaster kleben. Nun muss ich mich gedulden von Woche zu Woche, bei der die Höhe der Dosis reguliert wird, bis die Wirksamkeit erreicht ist, meine Schmerzen

---

4 _Restless-Legs-Syndrom

zumindest annähernd zu bekämpfen. Schließlich habe ich ja noch ein paar Tramaltabletten, die ich zusätzlich einnehmen kann. Momentan bemühen wir uns außerdem um einen schnellen Termin bei einem Neurochirurgen. Bis jetzt liegt er von heute an gerechnet in sechs Wochen, obwohl auf dem Überweisungsschein der Hausärztin die besondere Dringlichkeit vermerkt gewesen sein soll. Wie sich herausgestellt hat, bedeutet der spezielle Überweisungscode aber nicht einfach nur "eilt", sondern weist auf den Termindienst der Kassenärztlichen Vereinigung hin. Diese darf man anrufen, um an einen schnelleren Termin zu gelangen. Daraus ergab sich eine Beschleunigung von drei Wochen. Wenigstens etwas!

Nun scheine ich doch vor einem körperlichen Trümmerhaufen zu stehen. Denn wenn dieser Neurochirurg nach der Untersuchung etwa sagen wird "Es ist zu kompliziert, da kann ich ihnen leider nicht helfen", dann stellen sich für mich viele Fragen:

"Wie soll ich nun leben?"

"Muss ich die Dosis des Schmerzpflasters weiter erhöhen lassen?"

"Wie werde ich damit zurecht kommen?"

"Werde ich mit dieser Behinderung weiter im Chor mitsingen und die wöchentlichen Fahrten dorthin zurücklegen können?"

"Werde ich an dem Frühjahrsauftritt in der Aula mitwirken können?"

Einmal machte ich im jetzigen Zustand einen Versuch, an der Chorprobe mitzuwirken. "Es war ein Fehler", musste ich feststellen. Ich hatte meine Kräfte überschätzt und sagte bei der Vorsitzenden am nächsten Tag die weitere Teilnahme ab. Nun stelle ich erneut diese Fragen.

Schon kommen auch die ersten Vorwürfe: "Habe ich Raubbau an meinem Körper getrieben, als ich mit vollem Einsatz die Gestaltung des neuen Gartens vornahm? Musste ich auf Kosten meiner Gesundheit so schwere Arbeiten ausführen in so einem hohen Alter? War es überhaupt richtig, so spät im Leben noch einmal neu zu beginnen."

Da haben wir uns wieder so ein schönes Umfeld geschaffen, aber zu welchem Preis? Ich hadere mit mir und schon, wenn ich aus meinem Fenster schaue, freue ich mich über den Perückenbaum, der nach zwei Jahren schön gewachsen ist und dessen Lila sich auch so wunderbar von dem umliegenden Grün abhebt. Ich sehe dahinter das weite Feld vor mir liegen, über das ständig irgendwelche Vögel schweben. Die ersten Lilienknospen öffnen sich und der Steingarten liegt in voller Blütenpracht.

Unser Nachbar Fred war mit seiner Ehefrau zur Beerdigung seines über neunzigjährigen Schwiegervaters gefahren. Da, ganz plötzlich, musste er noch vor den Trauerfeierlichkeiten am Darm operiert werden. Eine Chemotherapie steht ihm nun noch bevor und irgendwann die Rückverlegung des künstlichen Darmausgangs. Das alles geschah 200 km von hier entfernt.

Nun sind sie wieder zu Hause und ich konnte den Kranken herzlich in die Arme schließen. Auf die Frage, was er denn mache, antwortete er mit lachendem Gesicht:

"Wat denn, ick habe gar nischt gemacht, sondern die mit mir!"

Neulich erzählte er mir fröhlich, was er noch alles vorhabe, wenn alles überstanden ist.

"Ick nehme det ganz locker", sagte er, "das ist jetzt unser Leben."

Dieses Verhalten fand ich bewundernswert und ich habe es mir zu Herzen genommen. Ich muss auch das Beste aus meiner Situation machen, denke ich mir. Unsere Termine zu irgendwelchen Therapien oder anderen Behandlungen häufen sich. Sie werden hin und her geschoben, um sie zu koordinieren. Wir wollen uns damit abfinden, wie es ist, das Beste daraus machen und freuen uns, dass wir uns noch gegenseitig haben.

Aber so einfach ist es eben doch nicht. Der Neurochirurg, den ich nun schon als zweiten Spezialisten aufgesucht hatte, wollte von meinen Schmerzen wenig wissen. Genau wie die Ärztin vor drei Wochen untersuchte er gründlich, welche Fähigkeiten bei mir noch vorhanden sind, wie viel Kraft ich in den Händen und Armen in alle Richtungen hin noch habe, besah das MRT von 2016 und stellte dann beruhigt fest: "Keine Ausfallerscheinungen! Es wird nicht operiert!" Er rief es fast fröhlich aus. Zur Beruhigung sagte er noch, in Richtung meines verdutzten Gesichtes blickend: "Sie wären enttäuscht, wenn wir operieren würden und sie vermutlich danach trotzdem noch diese Schmerzen hätten."

Erst zu Hause fielen mir nach und nach Fragen ein: "Was meinte denn der Neurochirurg aus Maienfelde mit seinem Vorschlag, bei trotz aller manuellen Therapien anhaltenden Schmerzen mit seinem Vorschlag, doch zu operieren?" Hätte ich ihn doch nur damals aufgesucht.

Die Schmerzen und die damit verbunden Probleme bleiben. Das Abführmittel, welches mir die Hausärztin in ihrer Funktion als Schmerztherapeutin verschrieben hatte und das ich dreimal täglich einnehmen sollte, hat so nach und nach meinen Darm vollkommen außer Funktion gesetzt, obwohl ich es inzwischen auf einmal täglich reduziert hatte. Ich bekam einen aufgeblähten Bauch. Auf Anweisung einer Vertretung – meine Hausärztin war gerade im Urlaub – musste ich das Mittel absetzen. Es ging gar nichts mehr. Haferschleim sollte helfen.

Nach und nach beruhigte sich mein Verdauungsorgan wieder, aber wie geht es nun weiter? Meine Ärztin für Psychiatrie meinte bei der nächsten Konsultation, als sie von meinen Problemen hörte, dass der Bauch kaputt sei und dass die Dosis des

Schmerzpflasters auch nicht so richtig hilft. "Ich überweise sie nach Storkow in die Schmerzklinik zu Frau Dr. Habicht, die kriegen das in Griff." Auf diesen Termin warte ich jetzt seit Wochen und schon wieder plagten mich neue Schmerzattacken, weil ich scheinbar zu fleißig meine Hausarbeit verrichtet hatte. Plätten und Staubsaugen sind Gift für meine Halswirbelsäule, musste ich feststellen.

Übrigens hatte ich den Frühjahrsauftritt des Chores doch mitgemacht. Einen von vier. Es geht aber immer auf und ab. Die wöchentlichen Proben lasse ich nach Möglichkeit aber nicht ausfallen, wenn das Durchhalten dabei auch schwer fällt. Der nächste Auftritt beim Spreewaldfest lässt auf sich warten.

Es fällt nicht leicht, die gesundheitlichen Probleme so einfach hinzunehmen. Die Neurochirurgen, inzwischen hatte ich noch einen in Berlin aufgesucht, wohin mich Jürgen mit letzter Kraft kutschierte, interessieren sich eben nur für ihr Fachgebiet und das ist die Operation. Schließlich sind sie ja keine Schmerztherapeuten.

Die Erlebnisse in Berlin waren nicht nur zeitraubend, sondern alles in allem sowieso das Letzte. Wenn man mit Glück einen Termin bei denen ergattert hat, findet man in einem großen Gebäude in der Nähe des Zentrums drei Aufnahmestellen. Schnell abgefertigt und vorbereitet auf die Untersuchung wird man nach kurzer Wartezeit aufgerufen und in ein nummeriertes Zimmer geschickt, dass dürftig eingerichtet als Praxisraum zu erkennen ist. Davon gibt es da insgesamt etwa zehn, die Türen stehen alle offen und man kann die Patienten, die vorher im Warteraum saßen, beim Vorbeigehen sehen. Ich durfte im Raum 5 warten. Der Arzt erschien dann auch bald, ließ sich kurz meine Probleme schildern und, nachdem er meine Aufnahmen am Bildschirm gesichtet hatte, bekam ich erwartungsgemäß die gleiche Auskunft wie bei allen anderen. Irgendwelche Einwände und Fragen nach Alternativen, besonders auch von Jürgen, den ich als Mitleidenden an dem Geschehen teilnehmen ließ, empfand der Arzt als lästig, denn er empfahl sich ungeschickt und unauffällig rückwärts zur Tür strebend kurz mit den Worten: „Na, denn Tschüss!"

Nun bin ich so schlau wie vorher. Der ersehnte Termin aber bei der Schmerztherapeutin in Storkow, der Chefärztin Frau Dr. Habicht, den mir meine Fachärztin für Psychiatrie vermittelt hatte, konnte auf Grund meines Schreibens mit der beigefügten Überweisung von ihr und der Bitte um eine Konsultation in der dortigen Schmerztherapie etwas beschleunigt werden. Hoffnungsfroh fuhren wir auch diese Strecke dort hin und fanden die schmerztherapeutische Praxis relativ schnell. Schon bei der Anmeldung staunte und bewunderte ich die moderne und geschmackvolle, aber auch scheinbar sehr teure Einrichtung des Vorzimmers. Im Wartebereich nahm das Ausfüllen des Fragebogens auf einem kleinen Tablett-PC die meiste Zeit des Wartens in Anspruch. Wieder sämtliche Fragen, die auf einer Skala von 0 bis 10 eingeschätzt und beantwortet werden mussten, sollten alles über meinen allgemeinen Zustand und über die Beurteilung meiner Schmerzen aussagen.

Als ich dann erwartungsfroh in das Sprechzimmer eintreten durfte, staunte ich auch hier über die teure Einrichtung. Der mit weißem Klavierlack überzogene Schreibtisch und die dazugehörenden Möbel an der Wand sowie die mit weichem weißen Leder überzogenen Stühle, der Sessel der Ärztin und die Liege, auf der ich dann untersucht wurde, verschlugen mir die Sprache. Was mag das gekostet haben und wer hat das alles bezahlt, fragte ich mich. Aus diesen Gedanken gerissen folgte ich der Aufforderung, auf dem schönen ledern bezogenen Stuhl der Ärztin gegenüber Platz zu nehmen. Mit meinen Ausführungen über meinen gegenwärtigen Zustand und dem Grund meines Kommens kam ich nicht sehr weit, denn die Frau Doktor schaute mich forschend an, fixierte mich mehr und mehr und kam im Laufe meines Berichtes mit ihrem Gesicht über den Schreibtisch gestützt immer näher, so dass ich nur zögerlich weitersprach. Mein Mut, weiter zu reden, sank von Minute zu Minute und es schien mir zunehmend so, dass unsere Meinungen über meine Schmerzen auseinander drifteten. Ich wurde immer unsicherer und wurde schließlich ermahnt, den Vortrag der Ärztin nicht zu unterbrechen. Als ich dann an irgend einer Stelle in Tränen ausbrach und nur noch denken konnte „Ich will hier raus!", kam danach die Untersuchung auf der wertvollen Liege. Sie verlief so, wie ich es ja schon von allen anderen Fachärzten gewohnt war.

Auf dem Schreibtisch lag ein Rezept bereit, auf dem eine Manuelle Therapie vorgesehen war. Als sich herausstellte, dass ich keinen weiteren Termin wegen des langen Fahrwegs (was ich als Ausrede erfand) bei dieser Chefärztin mehr wünschte, soviel Courage hatte ich nun doch noch, vernichtete sie den Zettel mit den Worten: "Lassen sie sich erst einmal von ihrer Hausärztin ein Rezept geben und wenn sie dann keins mehr bekommen, können sie sich von mir ein weiteres geben lassen." Ich kam mir sehr erniedrigt vor und enttäuscht fuhren wir wieder in unser Dorf.

Der Arztbericht, der kurz danach an meine Hausärztin, nicht aber an die Ärztin für Psychiatrie ging, obwohl sie die Überweisung ausgestellt hatte, fiel erwartungsgemäß so ähnlich aus, wie ich das schon vermutet hatte. Unter anderem schrieb sie, dass das Anliegen der Konsultation für sie leider nicht eruierbar war, Anamnese, Erhebung und Kontakt wären schwierig gewesen durch meine dysfunktionalen Erklärungen und Fehlinterpretationen körperlicher Vorgänge.

Die Auswertung des Fragespiegels ergab bei ihr den Verdacht auf eine „schwere depressive Störung (ausgeprägter Schweregrad)." Ziemlich verärgert werteten meine Hausärztin und ich diesen Bericht aus, den ich auch der netten Ärztin für Psychiatrie übergab. Von dieser musste ich mich nach fast dreijähriger Behandlungszeit leider verabschieden, weil ich in unmittelbarer Nähe von Dürrenhof einen Ersatz gefunden hatte. Ihr tat es sehr leid, dass das von ihr gut gedachte Hilfsangebot so ins Leere gelaufen war.

Mit meinen Schmerzproblemen werde ich wohl noch lange Zeit zu tun haben. Ich bin nach all den negativen Erfahrungen unsicher, ob mir jemals endgültig geholfen werden kann.

Beim nächsten Besuch bei meiner Hausärztin übergab sie mir den Arztbericht, nachdem sie sich meine gegenwärtigen Probleme angehört hatte. Wir wunderten uns natürlich. Da macht diese Chefärztin aus Storkow kraft ihres Amtes und an Hand eines Fragebogens diese Diagnose und dazu noch den Ärzten schlaue Vorschläge, die mich jahrelang kennen und betreut hatten. Auch die Fachärztin für Psychiatrie, bei der ich schon so lange in Behandlung bin und der ich bei der nächsten Konsultation diesen Bericht zeigte, bedauerte sehr, dass mich diese Frau Dr. Habicht, über die so viel Gutes und ihre Schmerztherapie im Internet steht, so missverstehen konnte. Wir alle legten den Bericht letztendlich schmunzelnd zu den Akten.

Aber ich nahm mir die letzte Untersuchung bei der Hausärztin zu Herzen, bei der sie sich meinen Rücken besah.

Die Äußerung: „Nichts als Haut und Knochen. Sie müssen ihre Rückenmuskulatur trainieren und ihre Haltung korrigieren!" gab mir doch zu denken. „Bekommt man denn bei der Arbeit keine Muskeln?" fragte ich entschuldigend. „Scheinbar nicht, man wird nur krumm," beantwortete ich mir diese Frage selber.

Seitdem mache ich nun täglich zu den Bauchmuskelübungen, die ich wegen der Schmerzen auch vernachlässigt hatte, auch Übungen für den Rücken, den Nacken und die Schultern.

Außerdem kann ich nun meine Termine bei der Physiotherapie, die ich schon vor Monaten beantragt hatte, endlich einlösen.

Das ist nämlich ein ganz großes Problem. Mit den Terminen für diese Behandlungen sind die Praxen weit voraus, d.h. wenn ich jetzt mit einem Rezept komme, kann es passieren, dass ich erst im Januar behandelt werden kann. Das scheint überall so zu sein und es kann bei der Abrechnung bei der Krankenkasse dann zu Problemen kommen, weil die Daten so weit auseinanderliegen. Am besten wäre es schon, wenn man sich jetzt Termine eintragen lässt und sich dann im Januar ein Rezept holt.

„Das ist überall so," erzählte mir meine Physiotherapeutin, als ich mir von ihr meine verrutschten Glieder wieder geraderücken ließ und sie mit gezielten Griffen meine Muskelverspannungen zu lösen versuchte. „Es gibt einfach zu wenig Therapeuten." „Wie kommt das?" fragte ich. „Vielleicht, weil der Beruf auf Dauer doch zu anstrengend ist und die Bezahlung ist ja auch nicht so toll."

Trotz aller Missstände, im Garten bleibe ich weiterhin aktiv, wenn ich mich auch selbst immer wieder ermahnen muss, nicht in gebeugter Haltung unterwegs zu sein.

Immer wieder mache ich freudige Entdeckungen. An meinem Sommerflieder beobachtete ich jeden Morgen beim Frühstück die unterschiedlichsten Arten von Schmetterlingen. Begeistert fotografierte ich sogar einen Schwalbenschwanz.

Die zahlreichen Sonnenblumen, die sich wieder selbst ausgesät hatten, wachsen um die Wette und ich warte darauf, im Herbst wieder die Vögel daran beobachten zu können. Am Gartenteich musste ich lange geduldig ausharren und glaubte schon, dass meine teilweise großen Fische immer noch nicht geschlechtsreif wären.

Aber mein langes Beobachten wurde belohnt. Ich entdeckte ein Nest mit Nachwuchs. Zuerst konnte ich nur sehr vage ganz kleine Fischchen erahnen, die mit ihren schnellen, zackigen Bewegungen immer wieder in ihrer Deckung verschwanden. Aber im Laufe der Wochen wagten sie sich dann doch heraus und nun lockte ich sie zunehmend beim Füttern aus ihrer Höhle. Es sind verschieden große und bunte Fische zu beobachten, graue und schwarze, vielleicht sind sogar Kois dabei. Es ist gar nicht so einfach, sie ungestört anzusehen, denn die größeren Fische kommen immer zu der Stelle, wo ich stehe. Ich muss schon raffinierter weise das Futter für sie weit in die andere Richtung werfen, um den Nachwuchs beobachten zu können. Da kann es passieren, dass die gierigen Großen so schnell alles weg geschmatzt haben, bevor die Kleinen sich überhaupt hervorwagten, denn sie verstecken sich schnell, wenn ich sie mit meinen Wurfbewegungen verscheuche.

Schon aus diesem Grund möchte ich den Winter gut überstehen, damit ich im kommenden Frühjahr wieder feststellen kann, was sich da nach einem halben Jahr so alles entwickelt hat. Ja, der Teich bleibt die interessanteste und zeitaufwendigste Erholungsstätte in unserem Gelände. Der wunderbare Sommer in diesem Jahr, der durch die verhältnismäßig heißen Temperaturen bis weit in den September hinein verlängert wurde, war sehr trocken und das abendliche Gießen erschwerte die Gartenarbeit sehr, obwohl Jürgen durch das Auslegen von Schläuchen diese Tätigkeit weitgehend erleichtert hatte. Bei uns in Dürrenhof regnet es auch dann nicht, wenn der Wetterbericht den Niederschlag laufend vorhersagt. Der Regen scheint einfach um uns herum zu ziehen. Oft hört man dagegen von zu viel Nässe oder sogar von starken Überflutungen, wie z. B. in Süddeutschland. Sogar in unserer Nähe wurde von Unwettern mit Hagelkörnern oder Blitzeinschlägen gesprochen.

Kirchenwillkür – Glockenkrieg

Das Glockengeläut der evangelischen Kirche hier in Dürrenhof, das im Moment wieder mal laut ertönt, denn es ist 18 Uhr, hat sich im Laufe des letzten Jahres zu einem großen Ärgernis entwickelt und die Dorfbevölkerung in zwei Lager gespalten.

Als wir hier aus Thüringen angekommen waren und die Kirche in nächster Nähe sahen, freuten wir uns über diese Nachbarschaft. Damals war das Glockengeläut nur zu besonderen kirchlichen Anlässen, an Wochenenden (Samstagabend) oder auch zu Hochzeiten, Taufen oder Beerdigungen zu hören. Das fanden wir schön und auch beruhigend, genau wie die meisten anderen hier in der Umgebung der Kirche.

Das änderte sich aber plötzlich und unvorhersehbar, als zum Läuten nicht mehr jemand zur Kirche gehen musste, um das Läutewerk in Gang zu setzen, sondern eine elektronische Steuerung eingebaut wurde. Wir merkten das zuerst daran, dass es zu den unterschiedlichsten und unmöglichsten Zeiten zu läuten begann, mal kurz, mal unerträglich lang – sehr willkürlich also.

Wir und unsere unmittelbaren Nachbarn wunderten uns und rätselten über die Ursache. „Die werden irgendetwas ausprobieren oder reparieren," beruhigten wir uns. Aber nein, bald war eine gewisse Regelmäßigkeit im Ablauf zu erkennen. Zu dem sog. kirchlich motivierten Läuten war nun ein anhaltendes und lautes Zeitläuten hinzu gekommen. Und endlich mussten wir feststellen: Es bleibt bei dem vielen zusätzlichen „Gebimmel", so abwertend wurde nun das vorher allgemein als schön empfundene Zeichen der evangelischen Kirche genannt. Von nun an läuteten die Dürrenhofer Kirchenglocken morgens um 7 Uhr, mittags um 12 Uhr und abends um 18 Uhr und an Wochenenden, an denen Gottesdienst stattfand oder bei den genannten

Besonderheiten natürlich zusätzlich zum alltäglichen Geläute. Da konnte es schon einmal vorkommen, dass man es an einem Sonntag fünf mal zu hören bekam. Es war einfach zu viel.

Da die einzelnen Proteste verpufften – der Pfarrer und auch der Kirchenvorstand antworteten nicht auf Beschwerdebriefe und ließen sich auch nicht auf Dialogangebote ein. So wurden durch eine spontane Aktion 250 Unterschriften gegen den, wie sich langsam herausstellte, Willkürakt des eigentlich zur Seelsorge bestellten Pfarrers Kleinhempel gesammelt. In einer vom Ortsvorsteher einberufenen Gemeinde-versammlung an einem Dienstag im November sollte nun zu diesem Tagesordnungspunkt diskutiert werden, die Beschwerden vorgetragen und nach einem Kompromiss gesucht werden. Der Pfarrer, der weit entfernt wohnt und dort auch sein Pfarramt hat und deswegen nicht unter dem von ihm verursachten Lärm leidet, war ebenso eingeladen wie Vertreter des Kirchenvorstandes und der Bürgermeister der dörflichen Großgemeinde.

Auch Jürgen nahm an dieser Versammlung teil, weil auch wir betroffen waren. Vor allem fühlte ich mich wegen meiner anhaltenden Schlafprobleme jedes Mal durch das frühe, laute Wecken empfindlich gestört. Da ich aber am Dienstag lieber an der Chorprobe in Lübben teilnahm, konnte nur Jürgen das besondere Ereignis, das ganz Dürrenhof in Aufruhr versetzen sollte, besuchen.

Am nächsten Tag berichtete er mir über den Ablauf des Abends. Der Pfarrer begann zu diesem Thema zuerst sehr einfühlsam und sanft, wie es sich für einen guten Mann Gottes gebührt, zu sprechen und wollte die vielen Gegner des morgendlichen Läutens mit einfühlsamen Worten überzeugen. Ihm gelang es aber immer weniger, seine Ruhe zu bewahren gegen die Argumente der aufgebrachten Mehrheit, die gegen das eigenmächtig angezettelte Läuten war und das auch zum Ausdruck brachte. Der Choleriker ging mit ihm durch.

Natürlich war dieses Ereignis in den nächsten Tagen und Wochen das Thema Nr. 1 weit über die Grenzen von Dürrenhof hinaus. Der Pfarrer hatte sich zwar durch die übergroße Mehrheit zu dem Kompromiss entschließen müssen, wenigstens das morgendliche Läuten abzustellen, wollte aber noch die Zustimmung seines Gemeindekirchenrates einholen. Das sollte in einer einige Wochen später stattfindenden Versammlung mit dem Kirchenrat geschehen, zu der zwei Vertreter des Ortsvorstandes eingeladen wurden.

Als aber ein Fürsprecher der Christen, ein Zugereister wie auch wir, einen Artikel in der Regionalpresse veröffentlichte, in dem er sich über die unchristlichen Menschen ereiferte und dazu noch historische Unwahrheiten verkündete, erregte das nun erst recht die Gemüter. Auch Jürgen und ich waren empört über so viel Unsinn und so ging der Kampf erst richtig los. Jürgen verfasste einen Gegenartikel, stellte die Richtigkeit der historischen Ereignisse wieder her und vor allem erklärte er noch einmal, worum es überhaupt ging. Nicht gegen die Christen, sondern nur um Ruhestörung der nahe liegenden Anwohner.

Auf der nach Wochen stattfindenden Gemeindekirchenratssitzung erkannte die Mehrheit der Anwesenden die 250 Unterschriften als angeblich unrechtmäßig entstanden nicht an. Sie schlug im Gegenzug eine geheime Wahl vor, mit Wahlzetteln, die ins Haus getragen wurden und mit Dafür oder Dagegen gezeichnet, nach einem bestimmten Zeitraum, in eine verschlossene Wahlurne geworfen werden sollten.

Da hätten wir ja nun eigentlich keine Bange zu haben brauchen, denn wir waren ja weit in der Mehrheit, die wir gegen das Läuten waren. Was wir allerdings weder wussten noch ahnten, dass der oben genannte Christenmensch in dieser Zeit von Haus zu Haus ging und die Leute beeinflusste. Das hätten unsere Vertreter natürlich auch machen können, aber wir glaubten noch an die Aufrichtigkeit und Ehrlichkeit der Kirche.

Wer weiß, wie der „gute" Mann es gemacht hat. Konnte er in seiner Funktion den einfachen Christen im Dorf das Himmelreich versprechen? Wer weiß.

Jedenfalls ergab die Wahl unerwarteterweise rund 20 Stimmen mehr für das zusätzliche Läuten. Da konnte ein Brief von Jürgen an die Presse und an den Pfarrer gar nichts mehr ausrichten, in dem er darauf aufmerksam machte, dass sich ja nun trotzdem immer noch fast einhundert Kranke, psychisch Belastete, Schichtarbeiter und Ruhesuchende gestört fühlen würden.

Der Pfarrer reagierte jedenfalls nicht auf den Appell an seine Christenpflicht und Tugenden, sondern begann nach einigen wohltuenden läutereduzierten Monaten von neuem mit der Lärmbelästigung, die er und die meisten von denen, die mit Dafür unterzeichnet hatten, gar nicht hören können, weil sie ja weit genug weg wohnen.

Jürgen ließ aber trotzdem nicht locker, weil er ja merkte, wie schlecht es mir Nacht für Nacht ging, trotz geschlossener Lärmschutzfenster. Er rief den Pfarrer an, um einen Gesprächstermin zu erbitten, immer noch an das Gute in einem Christenmenschen glaubend.

Nein. Er wurde am Telefon sofort beschimpft, als er seinen Namen nannte, und mit den Kriegstreibern in Syrien und in anderen Brandherden auf der Welt in eine Reihe gestellt. Empört hörte ich diese Vorwürfe an unserer Telefonanlage mit an. Jürgen blieb bewundernswert ruhig und konnte endlich, nachdem auch der Pfarrer etwas ruhiger geworden war, seinen Wunsch nach einem Gesprächstermin vortragen. Der Pfarrer versprach, dass er nach seinem Urlaub in drei Wochen für ein Gespräch bereit sei. Er selbst würde bei uns anrufen und verbat sich, dass wir es bei ihm tun. Auf diesen Anruf warten wir bis heute, aber seine Glocken läuten.

Aber was ich und viele andere überhaupt nicht verstehen ist das Verhalten des Pfarrers. Inzwischen sind sogar einige aus seiner Gemeinde aufgebracht und haben es ihm gesagt oder geschrieben. Ein Mitglied ist sogar deswegen aus der Gemeinde ausgetreten. Der Vorsitzende der Kreissynode, dem dieser Sachverhalt mitgeteilt wurde, verspricht, den Pfarrer zu bitten, seine Entscheidung noch einmal zu überdenken. Kann man so etwas verstehen? Überdenken? Sollte ein Pfarrer bei der Mitmenschlichkeit nicht Vorbild sein?

Nun gibt es unter unseren Bekannten mehrere aus der christlichen Gemeinde, die über das Verhalten ihres Pfarrers besonders empört sind. Sie schämen sich dafür, dass im Namen ihres Glaubens so viele Mitbewohner drangsaliert werden und vertreten offen diese Meinung.

Immer, wenn wir mit diesen Menschen bei irgendeiner Gelegenheit zusammentreffen, wird über dieses Thema diskutiert und meist geschimpft.

Vor kurzem erst klingelte ein Nachbar bei uns, der auf der anderen Seite der Kirche wohnt, etwas weiter weg als wir, und den wir noch nicht kannten. Er hatte einen Aufruf in den Händen, in dem mit sehr aufgebrachten Worten (unter anderem wird von „Kirchendiktatur" gesprochen) gegen das Läuten Stellung genommen wurde, und versuchte erneut, dies in der Öffentlichkeit bekannt zu machen. „Man hat schon einige Exemplare vom Schwarzen Brett entfernt," schimpfte er aufgebracht. „Ich werde aber nicht locker lassen," drohte er weiter. „Leider muss ich nun aber wieder ins Krankenhaus."

Wir waren erneut entrüstet. Was muss denn noch alles geschehen? Auch ich hatte beim Beginn der Lärmbelästigung einen Brief an den Vorstand des Gemeindekirchenrates geschickt über die Adresse des Pfarramts. Er war per Einschreiben mit Antwortschein aufgegeben worden. In ihm erklärte ich eindringlich, dass wir nicht gegen das Christentum sind, sondern nur um Ruhe und Verständnis für unsere besonderen Probleme bitten. Dieser Brief ist weder „Nicht angenommen" noch mit einer Empfangsbescheinigung bestätigt worden. Er war einfach „verlorengegangen" und erst nach zwei Wochen fanden wir ihn mit vielen eigenartigen Postvermerken versehen und geöffnet in unserem Briefkasten. Da hätten wir ihn ja wohl lieber die 15 Minuten mit unserem PKW transportieren sollen.

Vor kurzem kam der aufgeregte Nachbar erneut zu uns. Er war sichtlich aufgebracht, machte aber auch einen niedergeschlagenen, fast ängstlichen Eindruck. Er hatte nicht locker gelassen und seinen Beschwerdebrief erneut an das Schwarze Brett geheftet.

„Stellen sie sich vor," klagte er, „da erschienen gestern zwei Polizisten bei mir mit der Aufforderung, dieses Schreiben wieder zu entfernen. Die Polizisten waren vom Pfarrer geschickt worden. Sie drohten mit weiteren Sanktionen, falls ich das nicht „freiwillig" tue. Und im übrigen solle ich mich in dieser Sache künftig zurückhalten."

Wir waren entsetzt. Meinungsfreiheit gestrichen?! Polizisten als Erfüllungsgehilfen eines Pfarrers?! Ist das unsere Demokratie?

Ja, dieser Pfarrer ist in meinen Augen untragbar. Immer wenn ich von diesen Erlebnissen irgend jemandem berichte, wissen die Leute gleich Bescheid und haben selbst schon so viel über den Herrn gehört, dass sie abwinken. Ich kann nicht verstehen, dass von der zuständigen Kirchenleitung solch ein die Kirche verunglimpfendes Verhalten auf Dauer toleriert wird.

Wie könnte es schön sein in Dürrenhof ohne Glockenkrieg!

Unrecht im Recht

Es ist Mitte September und die Chorproben in Lübben nach der Sommerpause haben längst wieder begonnen. Wir sollen Weihnachtslieder mitbringen, konnte mir übermittelt werden, denn leider war ich beim Auftritt zum Spreewaldfest in der Lübbener Paul-Gerhardt-Kirche nicht dabei und auch nicht bei der Vorbereitung dazu, als der nächste Treffpunkt festgelegt wurde.

Nun hoffe ich mit Hilfe des Schmerzpflasters und der regelmäßigen Behandlungen, dass mein Zustand erträglicher wird und ich wieder Kraft und Lust zum Singen habe. Zweimal war ich schon wieder zum Üben und nun will ich auch das Wochenende im Oktober bei der Chorwerkstatt dabei sein. Das ist wichtig, denn es wird schon für die Auftritte im Gymnasium, in der Kirche, im Altersheim und in der Rehabilitationsklinik geübt. Weihnachten kommt näher.

Aber wenn man an Weihnachten denkt, bekommt man ein schlechtes Gefühl, schaut man auf das gegenwärtige Geschehen in der Welt.

Aus dem Fernsehen erfährt man immer wieder Schreckensnachrichten und leider nicht nur von naturbedingten Katastrophen, wie z.B. dem schrecklichen Erdbeben vor einem Monat in Italien mit hunderten Todesopfern und tausenden Obdachlosen oder jetzt von dem Monstersturm Matthew, der in Haiti bisher 840 Tote forderte, alles verwüstete und dessen Wassermassen auf seinem Weg an der US-Ostküste alles mit sich rissen, sondern auch von grauenhaften Kriegen wie dem in Syrien. In der vollkommen zerstörten Stadt Aleppo hungern und sterben die Zivilisten und die Kriegsparteien hielten den immer wieder von der UN geforderten und oft zwischen ihnen vereinbarten Waffenstillstand nur kurzzeitig oder gar nicht ein. Stattdessen wurden Hilfskonvois beschossen, es gab immer wieder Tote und das

Hungern und Sterben geht weiter. Das Waffen liefernde Russland, dessen Bomben auf Aleppo noch die letzten Überlebenden bedrohen, und die anderen Konfliktparteien beschuldigen sich gegenseitig, an der gebrochenen Waffenruhe schuldig zu sein.

Als wir vor kurzem nach einer Sportsendung umschalteten, stießen wir zufällig auf eine Talkshow mit Anne Will. Wir freuten uns, von der immer sehr interessanten Sendung noch etwa mitzubekommen. „Was sind denn das für Gäste?" wunderte sich Jürgen und auch ich musste ihm zustimmen, dass die Personen alle recht betroffen in die Kamera schauten. Norbert Röttgen, den Vorsitzenden des Auswärtigen Ausschusses des Bundestages erkannten wir sofort. Anne Will sprach gerade mit dem ehemaligen amerikanischen Botschafter in Deutschland John Kornblum.

Schnell bekamen wir mit, um welches Thema es sich handelte. Es wurde mehrmals eingeblendet - „Friedensgespräche abgebrochen, ist Aleppo verloren?". Im Hintergrund sah man während der Diskussion immer wieder die schrecklichen und grausamen Bilder vom syrischen Bürgerkrieg, die verstörten, hilflosen Menschen und die traumatisierten Kinder in einer verwüsteten Umgebung. Der amtierende russische Botschafter in Deutschland Wladimir M. Grinin schaute konsequent an diesen Bildern vorbei, auch wenn man ihn auf das Elend, das Ergebnis des syrisch-russischen Bombardements, hinwies.

Alle an der Diskussion Beteiligten verteidigten ihre unterschiedlichen Positionen. „Man müsse die ganze Wahrheit sagen", meldete sich der ehemalige hohe NATO-Offizier Harald Kujat. Man hätte den syrischen Machthaber Assad viel eher, vor fünf Jahren, stoppen müssen. Die Russen hätten in den Verhandlungen keine Glaubwürdigkeit mehr, meinte der amerikanische Ex-Botschafter, irgendjemand ließ verlauten, dass die Russen Assad nur gestärkt hätten. Es wurde weiter vorgeschlagen, Aleppo den Status einer „Offenen Stadt" zu verleihen.

Norbert Röttgen, der empört das ganze entsetzliche Geschehen aufzählte, von den Giftgasbomben, den gesamten Kriegsverbrechen, forderte Wirtschaftssanktionen gegen Russland, um ein von Europa ausgehendes deutliches Zeichen zu setzen.

Was in der gegenwärtigen Situation denn überhaupt noch möglich wäre, fragte die Diskussionsleiterin. Darauf Röttgen, unter allgemeiner Zustimmung: „Die Russen müssten mit dem Bomben aufhören!" Mit dieser Forderung wandte Anne Will sich an den russischen Botschafter mit dem Hinweis auf die vielen in diesem Konflikt sterbenden Kinder.

„Das würden wir sofort," heuchelte er, „nur müssten vorher die richtigen Terroristen aus Syrien verschwinden." Zu den vorgeschlagenen Sanktionen gegen sein Land möchte er nichts sagen, aber er strebe ein gutes Verhältnis zu Deutschland an.

Empört machten wir uns beim Zusehen Luft. „Wen nennt er Terrorist in Syrien?" Will er mit Bomben den Friedensprozess voran bringen? Zum Schluss sprach Katharina Ebel, SOS-Kinderdorf-Mitarbeiterin: „Wir haben diese Menschen auf der Flucht begleitet und Szenen erlebt, die für uns schlicht erschütternd waren." Sie war in Syrien vor Ort dabei und konnte sicher am besten das unsägliche Elend beschreiben, beispielsweise den Bombenangriff auf einen Hilfskonvoi, der sich – deutlich gekennzeichnet - auf der Ringstraße um Aleppo befand und der für 80.000 Menschen Lebensmittel liefern sollte. Als man den Verletzten des Konvois helfen wollte, hätten Heckenschützen auf die Rettungskräfte wie auf Zielscheiben geschossen. „Es geht weiter gar nichts mehr als alle Parteien mit allen Problemen an einen Tisch zu setzen, ohne zu schießen, für jeden das Beste herauszuholen," äußerte sie sich. Für sie muss es besonders schlimm gewesen sein, denke ich. Wie kann sie sich da noch beherrschen, wenn ihr gegenüber solche Äußerungen wie die von Herrn Grinin gemacht werden? Aber aus ihrem Gesicht heraus konnte man viel von dem lesen, was sich in ihrem Innern abspielte und welche Gefühle sie unterdrücken musste.

Noch eine ganze Weile wirkte diese Sendung mit ihren Informationen in uns nach. 500.000 Menschen hat der syrische Bürgerkrieg bisher gefordert, in Kolumbien hat der Krieg 50 Jahre gedauert, Kinder, Jugendliche und viele Erwachsene kennen kein Leben in Frieden. Die Flüchtlingsströme reißen nicht ab und drängen sich vor den neu errichteten Zäunen an den europäischen Grenzen. Soldaten stehen schwer bewaffnet auf Wacht, als ob es sich bei den Flüchtlingen um Verbrecher handelt. In den Flüchtlingslagern, die von freiwilligen Organisationen notdürftig versorgt werden, wird es immer enger und unter oft unmenschlichen Bedingungen müssen die armen Menschen auf unbestimmte Zeit ausharren. Viele wagen den lebensgefährlichen Weg über das Mittelmeer, immer wieder wird von dramatischen Rettungsaktionen und neuen Todesopfern berichtet. Da kann man schon wütend werden, wenn in unserem reichen Land Politiker Obergrenzen fordern und sich streiten über zunehmende Flüchtlingszahlen. Es werden bei der Bevölkerung Ängste geschürt und irregeleitete Täter zünden Flüchtlingsheime an oder protestieren gegen weitere Hilfsmaßnahmen. Im Internet wird straflos gehetzt oder es werden auf Kosten der notleidenden Menschen wegen ihres Glaubens oder ihres Aussehens Witze gerissen.

In Ungarn ist die Bevölkerung so aufgehetzt, dass man bei Reportagen Äußerungen hört wie: „Die sind wie Ameisen. Wir sind froh, dass die weg sind!" Oder wie in Deutschland: „Die sollen in ihren Lagern bleiben."

Dabei gibt es soviel Hilfsbereitschaft unter der deutschen Bevölkerung und viele gute Beispiele der Integration. Viele Menschen spüren aber auch die Unsicherheit, die Angst, dass sich unkontrolliert Verbrecher unter die Flüchtlingsscharen mischen können. Es wächst die Unzufriedenheit, vor allem unter den Unterprivilegierten.

Oft stöbere ich auch in Zeitschriften und lese gern historische Berichte. Unlängst fiel mir in der P.M. History ein Bericht über die Verfolgung der französischen Protestanten (Hugenotten) im 17. Jahrhundert in die Hände. Der entsetzliche Höhepunkt war die Pariser Bluthochzeit in der Bartholomäusnacht mit all ihren Grausamkeiten. Auf den beigefügten Grafiken war eine aufgehetzte Menschenmenge zu sehen, die sich auf die Protestanten stürzten und die meisten von ihnen auf grausame Weise umbrachten. Da musste ich gleich an die furchtbaren Ereignisse der Kristallnacht in der Nazizeit denken, an die furchtbaren Verbrechen gegen die Juden. Am Ende des Terrorregimes der Nazis waren es 6 Millionen Opfer ihres Rassenwahns.

Dass Menschen sich immer wieder so aufhetzen lassen können und sich auch für Kriege begeistern lassen, wird einem bei dem gegenwärtigen Geschehen in der Welt immer mehr bewusst. Angesichts der sich heute immer mehr ausbreitenden Konflikte im Vorderen Orient und an anderen Regionen in der Welt tauchen dann Fragen auf wie: „Sollen sich Staaten in die Probleme anderer Länder einmischen, die vermeintlich Schwächeren der Konfliktparteien unterstützen, Angriffs- oder Verteidigungspakte schließen u. ä.?" Und immer wieder wird gefragt und diskutiert: „Gibt es gerechte und ungerechte Kriege?"

Mit dreiundneunzig Jahren, kurz vor seinem Tode, gibt der französische Schriftsteller Stéphane Hessel die Hoffnung nicht auf, besonders die Jugend zu ermahnen. Die Hoffnung ist der Gewalt vorzuziehen, schreibt er in einer Streitschrift mit dem Titel „Empört Euch". Er sagt: „Die Zukunft gehört der Gewaltlosigkeit, der Versöhnung der Kulturen – davon bin ich überzeugt." Oder: „Die Hoffnung ist ihr vorzuziehen – die Hoffnung auf Gewaltlosigkeit. Das ist der Weg, den wir einschlagen müssen. Wenn es gelingt, dass Unterdrücker und Unterdrückte verhandeln, wird keine terroristische Gewalt mehr erforderlich sein. Deshalb darf man nicht zulassen, dass sich zu viel Hass aufstaut."

Dabei ist der 1917 in Berlin in einer assimilierten jüdischen Familie geborene Hessel, der 1924 mit seinen Eltern nach Paris auswanderte und 1939 die französische Staatsbürgerschaft erwarb, selbst jahrelang in der Zeit des Hitlerfaschismus verfolgt, eingekerkert, gequält und vom Tode bedroht worden. Als französischer Offizier geriet er in Kriegsgefangenschaft, konnte fliehen und schloss sich der Résistance an. Nach seiner erneuten Inhaftierung und der Einweisung in mehrere Konzentrationslager, zuletzt Buchenwald, konnte er immer wieder flüchten und sich schließlich zu den alliierten Truppen durchschlagen und zu seiner Frau und seinen drei Kindern nach Paris zurückkehren.

Nach dem Krieg wirkte Hessel als Schriftsteller, Journalist und als hoher UN-Mitarbeiter und widmete sich vor allem den immer drängenderen Menschenrechtsfragen. In diesem seinem letzten Essay ruft er besonders die Jugend zum friedlichen Widerstand auf, sich zu empören über die Gleichgültigkeit, über die immer größer werdende Kluft zwischen arm und reich. Er schreibt: „Die Ärmsten der Welt verdienen heute kaum zwei Dollar am Tag."

Er fordert weiter, sich zu empören über die Behandlung der Zuwanderer, über die internationale Diktatur der Finanzmärkte, über die Zerstörung der Umwelt. Sein Resümee: „Mein ganzes Leben lang haben sich immer wieder neue Gründe zur Empörung geboten." Dieses Büchlein mit den vielen guten Vorschlägen zu einem friedlichen Widerstand, für ein Engagement allein aus der Verantwortung des Einzelnen, in dem er mit wenigen Worten soviel aussagt, empfehle ich jedem zu lesen. Besser kann man die heute mehr denn je bestehende Gefahr eines Krieges und den Zorn über die Ungerechtigkeiten in der Welt nicht ausdrücken.

Barack Obamas Amtszeit als Präsident der Vereinigten Staaten geht jetzt zu Ende. In ihr gab es zwei Kriege mit etwa 5000 Toten unter den amerikanischen Soldaten. Unter den Zivilisten deutlich mehr. Und die von ihm angeordnete Tötung von Osama Bin Laden hat den Terrorismus nicht gestoppt, sondern in Gestalt des Islamischen Staates (IS) eher verstärkt aufleben lassen. Er konnte aber die Gesundheitsreform in den USA trotz des erheblichen Widerstands der Republikaner schließlich doch durchsetzen.

Der widerliche Wahlkampf zwischen den beiden neuen Kandidaten Clinton und Trump geht in wenigen Tagen zu Ende. Er wird auf traurige oder auch beschämende Weise in fast allen Medien widergespiegelt. Warum es in dem großen US-Amerika nicht mehr als ausgerechnet diese beiden Superreichen, auf der einen Seite offenbar unfähigen und auf der anderen Seite gehassten und korrupten Kandidaten, gibt, kann ich nicht verstehen. Sie liefern sich eine erniedrigende Schlacht und man weiß nicht, welcher Ausgang zwischen den beiden für die Welt schädlicher sein kann. Wir werden es bald erleben.

Fast täglich beim Frühstück diskutieren Jürgen und ich, manchmal sehr lange, über diese und ähnliche Themen, in denen es um die Ungerechtigkeiten in der Welt geht. Dabei leben wir persönlich und die meisten Menschen in Deutschland noch gut, wenn man unser Dasein mit der Not in der Welt vergleicht. Aber auch in Deutschland sind viele Menschen unzufrieden, vor allem weil die Unterschiede zwischen arm und reich immer größer werden. Die Spitzenverdiener setzen sich immer weiter ab und kassieren unvorstellbare Summen.

Kürzlich wurde auch in der ARD über die Einkommenssituation diskutiert. Viele Fragen wurden erörtert: Verdient jeder wirklich das, was er verdient? Ist man neidisch auf die Mehrverdienenden? Schämen sich einige über das Wenige, das sie erhalten? Warum sind die Gehälter geheim? Ein Wissenschaftler erklärte den Begriff Median als Grenze zwischen zwei genau gleich großen Hälften von Messwerten, beispielsweise von Einkommenswerten. Hier, in der Mitte, würde das Durchschnittseinkommen zu suchen sein, das gegenwärtig in Deutschland bei etwa 3000 € läge.

„Mit dem Durchschnitt ist es so ein Problem," meinte der zugeschaltete ehemalige Bundesminister Norbert Blüm in diesem Zusammenhang. „Wenn von zwei Personen der eine zwei Bockwürste isst und ich keine, entfällt im Durchschnitt auf jeden eine Bockwurst. Aber der eine ist satt und ich habe immer noch Hunger."

Weiter sollten Straßenpassanten das Einkommen bei verschiedenen Berufsgruppen schätzen. Sie lagen meist weit unter dem richtigen Wert. Dann wurden sie gefragt: „Wie viel mal mehr glauben sie, würde der Spitzenverdiener in Deutschland, der Daimler-Chef Zetsche, bekommen als die Bundeskanzlerin? Bei ihr sind es 18.000 € im Monat."

Die Antworten waren alle falsch und viel zu niedrig geschätzt. Statt der oft vermuteten 20 mal sind es bei rund einer Million Monatsverdienst von Zetsche unglaubliche 50 mal! Und im Vergleich zu den oben erwähnten Durchschnittsverdienern sind es 300 mal mehr!!

Es hinkt an der sozialen Gerechtigkeit. Für nicht wenige Familien kann ein plötzlicher Schaden an der Waschmaschine zu einem unlösbaren Problem in der Haushaltskasse führen, während manche Reiche dagegen gar nicht wissen, wo sie ihre vielen Millionen heimlich bunkern können, um sie vor der Steuer schützend noch schneller zu vermehren. Reichtum und Macht sind eng aneinander gekoppelt. Mit Geld kann man fast alles kaufen, zwar nicht die Gesundheit, aber z. B. schnell schwierige Arzttermine bei Spezialisten erhalten.

Das erwähnte Erdbeben in Mittelitalien, das in der Folgezeit laufend Nachbeben hat, die das zerstören, was noch stehengeblieben war, ist auch ein Beispiel für die unterschiedlichen Chancen von Armen und Reichen. Spezialisten raten nun, diese Region für längere Zeit zu verlassen. Wohin sollen aber die armen Menschen gehen, wenn die finanziellen Mittel fehlen? Sie schlafen in ihren Autos, besitzen nichts mehr und riskieren beim Bleiben ihr Leben.

Das globale Klimageschehen beunruhigt nach wie vor mehr und mehr die Menschheit. Die ersten Verlierer sind kleine Inselgruppen im Pazifik, die schon fast vollständig verschwunden sind, und mit ihnen Tiere, die ihren Lebensraum verloren. In Afrika ist am ehesten die steigende Erderwärmung zu spüren, obwohl die Afrikaner am wenigsten dafür verantwortlich gemacht werden können. Vor allem sind die Treibhausgase schuld, die zu reduzieren auf allen Klimakonferenzen erstes Thema war. Ein neuer Klimaschutzplan mit neuen Zielen wurde im vergangenen Jahr auf der UN-Klimakonferenz in Paris beschlossen. Diese Klimakonferenz war ein Erfolg: Erstmals vereinbarten Industrie- und Schwellenländer, dass sie gemeinsam gegen den Klimawandel vorgehen. Das Ziel war, die Erderwärmung auf weniger als zwei Grad Celsius zu begrenzen, womöglich gar auf 1,5 Grad.

Dazu sollen die globalen Treibhausgasemissionen in der zweiten Hälfte dieses Jahrhunderts auf null reduziert werden. Fast 190 Staaten haben ihre Klimaschutzpläne, die der Realisierung des Paris-Abkommens dienen sollen, nun auf der jüngsten Konferenz in Marrakesch schon vorgelegt.

Schon vor etwa zwanzig Jahren hatte ein Dr. Rahmstorf aus dem bekannten Potsdamer Institut für Klimafolgenforschung an der Erfurter Universität (heute ist er Professor für Physik der Ozeane an der Universität Potsdam) in einem öffentlichen Vortrag zu dem Thema „Wenn der Golfstrom kippt" die Folgen eines drohenden Klimawandels vorausgesagt. Damals erschrocken und ziemlich ahnungslos fragten ihn in der anschließenden Diskussion Zuhörer, ob denn auch die Politiker von diesen Forschungsergebnissen unterrichtet würden. Das bejahte er und erwähnte aber auch die Tatsache, dass sie meist noch für unwahrscheinlich gehalten und als nicht so schlimm bagatellisiert werden. Auch wir mussten in unseren Gesprächen mit Verwandten und Freunden feststellen, dass diese Gefahren oft belächelt und meistens verharmlost, in weiter Ferne vielleicht eintreten oder ganz und gar für unmöglich gehalten wurden.

Ganz im Gegenteil hat es sich aber gezeigt, dass viele der vorhergesagten Folgen schon früher eingetreten sind und so nach und nach auch von einer breiteren Öffentlichkeit wahrgenommen wurden, als in wissenschaftlichen Berichten, in Reports, in Ausstellungen, wie etwa im Ozeaneum in Stralsund, in Fernsehsendungen und zunehmend auch in Büchern immer wieder auf diese Gefahren hingewiesen wurde und letztendlich die Welt in den nun regelmäßig stattfindenden Klimakonferenzen aufgerüttelt und ermahnt worden sind.

Ein verheißungsvoller Lichtblick ist die jetzt erbaute riesige Solaranlage in Marokko am Rande der Sahara, vergleichsweise so groß wie 2100 Fußballfelder und in der Lage, Strom für 1,3 Millionen Menschen zu erzeugen. Hier wirkte Deutschland tatkräftig mit.

Andererseits hat die Europäische Union (EU) Deutschland z. Zt. wegen der steigenden Nitratbelastung des Grundwassers und jahrelanger Untätigkeit bei dessen Schutz vor dem Europäischen Gerichtshof verklagt. Das Land hat gegen die Düngemittelverordnung verstoßen, denn mit der Massentierhaltung u. a. von rund einhundert Millionen Puten und vierzig Millionen Schweinen ist durch die Gülle das Grundwasser mit Nitrat schwer belastet worden. Dabei kann mir schon die Galle überlaufen, wenn ich das höre. Wie oft wurde in kritischen Fernsehsendungen die Massentierhaltung angeprangert und die schlimmen Zustände gezeigt, unter denen die armen Tiere auf engstem Raum vegetieren müssen, wie das Federvieh in den Legebatterien fast federlos im engsten Gitter das Futter zwischen den Drahtstäben aus einer Futterrinne herauspicken muss oder wenn Schweine auf engstem Raum zusammengepfercht in ihrem eigenen Kot sich kaum bewegen konnten und sich gegenseitig die Schwänze abfraßen.

Aber es geht ja „nur" um die Grundwasserverschmutzung und nicht um die leidenden Tiere. Zu wenig sind auch jetzt noch die bestehenden Schutzregelungen bei der Tierhaltung berücksichtigt worden.

Darum kann ich mich immer wieder in unserer ländlichen Umgebung freuen, wenn ich Hühner, Enten und Gänse frei herumlaufen sehe, wie sie gackernd und scharrend ihr Futter suchen oder wenn ich Pferde oder Kühe auf den Wiesen friedlich weiden sehe.

Die Würde des Menschen ist unantastbar. Sie zu achten und zu schützen ist Verpflichtung aller staatlichen Gewalt. Das ist eine Forderung, die in unserem Grundgesetz ganz vorne steht (Artikel 1). Auch sie war immer wieder ein Diskussionspunkt in diversen Fernsehsendungen. Für uns ist das immer noch eine schmerzende Erinnerung, wenn wir daran zurückdenken, wie viele der für unseren unter Betreuung stehenden Sohn Tobias staatlich Verantwortlichen mit seiner Würde umgegangen sind, wie sie ihn entwürdigt haben und dann behaupteten, alles richtig gemacht zu haben.

Wir hätten damals den Heimbesitzer, Herrn Fleischer, der Tobias auf die Straße gesetzt hatte, den Bürgermeister von Talheim, der ihm in seiner Not nicht half und an ein

Obdachlosenheim verwies, die Anwältin Dr. Maigrund, die sich in ihrer Funktion als vom Gericht bestellte Betreuerin fast um nichts kümmerte, die Heimleitung in dem Heim für betreutes Wohnen, die ihn ohne Waschutensilien und Schlafanzug und ohne uns zu informieren wie einen „Assi" (Asozialen) nach seiner schweren Sturzverletzung im Krankenhaus ablieferte, all diese „Verantwortlichen" lautstark und auch öffentlich anklagen müssen. Aber die hätten alle, so glauben wir heute, vor einem Gericht Recht bekommen.

Den Hinweis schließlich, seinen letzten Arzt zu verklagen, der ihn aus dem eigentlich geschützten Aufenthalt in einer Psychiatrischen Klinik unbehandelt entließ und so einen unmittelbar darauf erfolgenden Suizid erst ermöglichte, gab uns damals sehr aufgebracht der Leiter der polizeilichen Ermittlungskommission. Die Polizei hatte unseren Sohn ja zwei Wochen vor diesem schrecklichen Ereignis bei einem Selbstmordversuch in allerletzter Minute mit einem Großeinsatz vom Hochhaus heruntergeholt und gerettet. Es war alles umsonst.

Die Antwort der Oberstaatsanwältin auf die Anklage „Fahrlässige Tötung" bekamen wir erst nach monatelanger Wartezeit. Das Verfahren werde mit der Begründung eingestellt, dass „die vorsätzliche Mitverursachung eines Selbstmords somit grundsätzlich ebenso straffrei ist wie die fahrlässige Ermöglichung der eigenverantwortlichen Selbsttötung."

Das verstehe, wer will. Wegen angeblicher Selbst- und Fremdgefährdung wollten ihn die Verantwortlichen im Pflegeheim Pfarreck lebenslang einsperren, der Arzt in einer Psychiatrischen Klinik entlässt ihn, ohne die Betreuungslage zu prüfen, nach wenigen Tagen unbehandelt aus seiner Obhut - damit er Selbstmord begehen kann?! Dieser einfache Sachverhalt müsste jedem mit Medizinrecht befassten Rechtsanwalt geläufig sein. So ging die Anzeige in die falsche Richtung. Denn in diesen Konflikt war ja schließlich nicht nur der Arzt Dr. Seliger, sondern auch die Betreuungsrichterin Wenig verstrickt, die uns an dem besagten Freitag letztendlich auch nicht half, offenbar weil sie schon Feierabend machen wollte. So nach und nach wurde uns aber leider viel später klar, dass wir eigentlich sie hätten anklagen müssen. Bei ihr hatte Jürgen als damaliger Betreuer rechtzeitig beantragt, Tobias so lange in dem geschützten Bereich der Psychiatrie unterzubringen, wie es aus medizinischer Sicht zur Behandlung der Depressionen notwendig gewesen wäre. Dieser Antrag war inzwischen ohne Verhandlung im Papierkorb gelandet.

In diesem Zusammenhang fällt mir eine Diskussion bei einer unserer morgendlichen Gesprächsrunden ein. „Warum hast du eigentlich damals bei der Betreuungsrichterin nicht protestiert, als sie sagte, wir haben keine Unterbringung vereinbart? Ich weiß noch, dass du untätig in einer Ecke gesessen hast." „Ja, ja, natürlich bin ich schuld", meinte Jürgen nur abwinkend.

„Quatsch," rief ich aufgebracht aus und wollte ihn am liebsten umarmen, weil er so traurig aussah. „Nein, überleg doch mal" meinte er, „ich war nicht in der Lage, mein Herz spielte verrückt." „Ach ja, natürlich weiß ich es jetzt wieder," sagte ich beschämt. Jürgen erklärte mir den Zusammenhang, den ich schon wieder vergessen hatte:

„Meine Suhler Ärztin, Frau Lehm, hatte mich ermahnt, dass ich mit meiner Herzschwäche als Betreuer nicht so weitermachen kann und mir auch ein entsprechendes Attest ausgestellt. Weißt du nicht mehr, dass ich damals ständig unterwegs war, um eine Berufsbetreuerin zu finden und die Akten vom Betreuungsgericht loszueisen, um meine Funktion loszuwerden?" „Ja, sicher, genau so war es," erinnerte ich mich wieder. „Die Richterin hätte ja dem Dr. Seliger am Telefon noch mal erklären müssen, dass Tobias doch unter Betreuung stand, das hatte er ja bei seiner Entlassung nicht berücksichtigt," empörte sich Jürgen nun doch,

„und sie hätte nun über meinen Antrag auf weitere Unterbringung aus medizinischer Sicht entscheiden müssen.

„Genau," bestätigte ich, „deswegen waren wir ja überhaupt zu ihr gefahren und froh, dass wir die Richterin am Freitag Vormittag noch erreicht hatten. Sie wollte vom Arzt am Telefon doch nur hören, ob es ärztlicherseits keine Bedenken gäbe."

„Ja, so war es," entsann sich Jürgen, „aber der meinte doch, der Patient sei froh und munter und hat keine Depressionen".

„Und genau darum ging es," überlegte ich, „als mir die Richterin den Telefonhörer in die Hand gab, um dem Arzt meine Meinung sagen zu können. Ich hatte nochmal auf die tiefe Schwermut, die auch Frau Zolem vom Heim in Falkenstein immer wieder beklagte, hingewiesen, als ich dann schließlich in Tränen ausbrach. Er wollte das einfach nicht akzeptieren und die Betreuungsrichterin gab sich damit zufrieden." Nach kurzer Atempause rief ich aus: „Die ist auch schuld, diese Frau Wenig!" „Da war Tobias ja auch schon entlassen", erwiderte Jürgen traurig, „mit einem richterlichem Beschluss hätte man ihn zurück in die Behandlung zwingen können, aber ob das gut gegangen wäre?" überlegte Jürgen.

Ich sagte nur traurig: „Durch die Entlassung, die ich ja noch zu Hause in Suhl vom Richter am Telefon aufhalten wollte, war ja schließlich alles entschieden. Die Richterin drängte uns ja förmlich zum Ausgang, um uns zu zeigen, dass sie nun endlich Feierabend hätte. Wir waren einfach machtlos".

Nun waren wir mal wieder ärgerlich und traurig zugleich. So blieben uns danach nur die hilflosen Versuche, mit einem Anwalt mehr zu erreichen, der uns aber lediglich hinhielt, bis wir endlich merkten, dass er nur daran interessiert war, leicht etwas Geld zu verdienen.

Es blieb uns die Flucht, die uns ablenkte. Aber als wir so nach und nach zur Ruhe gekommen waren, nahmen wir die Dinge wieder in die Hand, sobald Jürgens PC wieder arbeitsfähig eingerichtet war.

„Ich habe einen Anwalt gefunden, der sich auf dem Gebiet 'Ärztefehler' scheinbar ganz gut auskennt," rief er einmal nach einer Internet-Recherche aus, „allerdings weit weg in Hannover."

„Ach, das wäre ja nur für die Verhandlung wichtig, wenn wir dabei sein müssten," antwortete ich nach kurzer Überlegung. „Aber da hätten wir ja auch Hartmut, den Mann von meiner Cousine Charlotte in Burgdorf. Die würden sich freuen, wenn wir uns einmal wiedersehen könnten."

Kurz entschlossen schickten wir die vorhandenen Unterlagen zur Begutachtung an die Mail-Adresse des Anwalts. Wie wir es schon aus Erfahrung kannten, dauerte es eine ziemlich lange Zeit bis wir wieder etwas von ihm hörten. Gern war er bereit, diesen Fall zu übernehmen und erwartungsgemäß machte auch er uns Hoffnung, mit einer eventuellen Klage erfolgreich zu sein. Wieder erwartungsvolles Bangen, wieder gingen Meinungen und Fragen zur Klärung hin und her, wieder endete es mit einer Rechnung und mit dem Vorschlag, trotz der Niederschlagung der Anzeige durch die Oberstaatsanwältin unsere Interessen mit einer Klage vor dem Zivilgericht weiter zu verfolgen.

„Wie hoch wären die Kosten für uns, wenn wir auch auf diesem Weg scheitern würden?" war unsere zaghaft vorgebrachte Frage. „Etwa 5000 bis 6000 €", ließ er uns wissen. Warum sagte er nicht: „Wenn ich für sie kämpfe, kommt es nicht dazu," dachte ich laut, an Jürgen gewandt.

Ach, wir konnten es nicht dabei belassen. Weiter ging die Suche nach einem kampfbereiten und kompetenten Anwalt, der in unserer Nähe wohnt. Tatsächlich, in Guben fanden wir jemanden. Diesmal war es eine Frau, die das Medizinrecht in ihrem Leistungsspektrum anzeigte. Nach kurzer Terminvereinbarung fuhren wir dorthin und fanden auch schnell die betreffende Hausnummer in einer langen Straße.

„Das sieht nach einer alten Villa aus" bemerkte ich kurz, als wir den Hauseingang mit ihrem Namensschild gefunden hatten. Geduldig nahmen wir in einer dazu eingerichteten Nische im Treppenhaus Platz. Zum Lesen lag nichts Interessantes bereit, also warteten wir tatenlos und still. Als unsere Geduld schon ziemlich ausgereizt war, denn 50 Minuten lagen schon über dem vereinbarten Termin, hörten wir ein lautes Schimpfen und etwas poltern. Erschreckt lauschten wir, als kurz danach die Tür aufgestoßen wurde und ein aus unserer Sicht junger Mann wütend hastig die Stufen suchend nach unten zum Ausgang stürzte .

„Das kann ja heiter werden", konnte ich nur kurz denken, als uns eine freundliche, aber sichtlich eingeschüchterte junge Frau, sicher die Sekretärin, zum Eintritt aufforderte und uns in das Verhandlungszimmer bat.

Eine Frau mittleren Alters, nicht schön, aber auch nicht hässlich, schlank aber vollbusig, braunäugig, mit einem farbenfrohen Sommerkleid, empfing uns höflich, aber ohne sich für die lange Wartezeit zu entschuldigen.

Jürgen erklärte den Sachverhalt und verwies auf die wesentlichen Textstellen, während ich Zeit hatte, die Umgebung zu betrachten. Das mache ich gern, um daraus meine Schlussfolgerungen auf den Geschmack und evtl. den Charakter der Wohnungsinhaberin schließen zu können. Blumenschmuck war vorhanden und der Schreibtisch ordentlich aufgeräumt.

Das Streichinstrument, das in einer Ecke schmückend platziert war, schien nicht von ihr benutzt worden zu sein, was im Gespräch bestätigt wurde. Als ich mich umgesehen hatte, hörte ich erfreut, dass man da was machen könne, aber der wichtigste Satz zum Schluss hieß: „Auf alle Fälle haben wir viel Zeit."

Damit meinte sie wohl die Einspruchsfrist. Ich weiß nicht, warum wir uns auf diese Weise zeitlich gleich nach hinten schieben ließen. Wir sind in solchen Situationen immer kleinmütig und fühlen uns als Bittsteller.

„Ich melde mich, wenn ich soweit bin und mich mit der Sache vertraut gemacht habe." Mit diesen Worten wurden wir verabschiedet. Den genauen Wortlaut weiß ich heute nicht mehr so genau, aber ganz gut in Erinnerung ist immer noch die lange Wartezeit auf ein Signal von ihr geblieben.

Nach etwa einem halben Jahr fragten wir aber doch telefonisch bei der Sekretärin nach, wie weit die Anwältin mit ihren Nachforschungen sei. „Die Anwältin ist leider krank," hörten wir. Es schien etwas Ernstes zu sein, und wir trauten uns gar nicht weiter nachzufragen. Nachdem wir aber immer wieder diese Auskunft erhielten, war ich nach mehreren Wochen doch entschlossen, um einen Gesprächstermin zu bitten. Siehe da, es gab einen, sie schien gesund zu sein.

Wir trafen uns im gleichen Raum nach etwa einem dreiviertel Jahr und waren sehr gespannt, was sie uns zu erklären hatte. Sie saß wieder auf ihrem Platz an ihrem Schreibtisch, blätterte ziemlich ziellos in den umfangreichen Akten und suchte zu ihren Erläuterungen die passenden Textstellen. Ich wurde immer unruhiger und wollte ab und zu etwas dazwischen fragen.

Das duldete sie aber gar nicht. Mit den Worten „Jetzt bin ich dran!" verbat sie sich jede Störung. Jürgen blieb ruhig, ich aber wollte ihm gern meinen Unmut über die Art und Weise, wie sie uns behandelte, mit einigen Gesten zum Ausdruck bringen und gab ihm mehrmals entsprechende Zeichen.

Er durfte zwar ab und zu einen Satz zum Sachverhalt hinzufügen, aber ansonsten vertrieb diese Frau uns die Zeit mit unvollständigen und oft zusammenhanglosen Sätzen.

„Die hat sich nicht ein bisschen vorbereitet", dachte ich empört und Ärger stieg in mir auf. „Warum lassen wir uns das gefallen?" waren immer mehr meine Gedanken.

Genau weiß ich nicht mehr, wie viel Zeit sie auf diese Weise vertrödelte, ehe sie uns deutlich zu verstehen gab, dass ein Patient selbstverständlich das Recht zum Selbstmord hätte. Ich war wütend und zeigte das auch.

„Und das sagen sie erst jetzt," rief ich aufgebracht und stellte mich zum Gehen vor sie hin.

Da wurden ihre braunen Augen riesengroß und damit starrte sie mich an, ebenso wütend wie ich. Tief Luft holend empörte sie sich, dass sie uns das schließlich sagen müsse und dann stieß sie nur noch die überflüssige Luft, die sie in sich gespeichert hatte, mit ein paar undefinierten Lauten aus. Ich musste unvermittelt an einen Hahn im Kampf denken, als sie sich vor mir in ihrem leuchtend bunten Kleid und ihren immer größer werdenden Augen und ihren kurzen, krausen, dunklen Haaren aufplusterte. Es fielen noch ein paar unfreundliche Worte und wir waren entlassen, nachdem wir die Unterlagen zurückgefordert hatten. Ganz schüchtern verabschiedete sich dann auch die Sekretärin, sichtlich beschämt. Sicher ahnte sie vorher schon diesen Ausgang.

„Wir werden die Sache einer Schlichtungsstelle vorlegen, hatten wir noch zu verstehen gegeben. „Und das wollen sie ohne Anwalt machen?" hörten wir sie luftschnappend nur noch rufen.

Wir waren froh, dass wir wieder draußen waren und warteten gespannt auf die Rechnung. Mit der Höhe des Betrages konnten wir leben, aber wie viel Zeit hatten wir verplempert? Noch lange machten wir uns diskutierend auf dem Nachhauseweg und auch später Luft. „Hätten wir gleich auf die schlechten Vorzeichen geachtet!" Es half uns nun alles nichts, aber wir glaubten immer noch an die Gerechtigkeit.

Die Schlichtungsstelle, die wir schon viel früher hätten einschalten müssen, so glaubten wir jedenfalls, wird uns fairer behandeln als die Anwälte. Dafür vergingen wieder Wochen und Monate und wir mussten erneut viel Geduld aufbringen. Nach mehr als einem halben Jahr war auch dieses Verfahren beendet.

„Gibst du mir mal die Akten über das Schlichtungsverfahren heraus?" sagte ich eines Tages zu Jürgen.

„Da, der Ordner mit 'Klage' auf dem Rücken ist es," antwortete er, auf den Schreibtisch zeigend.

„Machst du heute keine Mittagspause?" wollte er wissen.

„Doch, doch, gleich," damit verschwand ich in meinem Zimmer mit dem Ordner. Zum Teetrinken trafen wir uns viel später an unserem Küchentisch wieder. Ich hatte mich beim Lesen festgefahren und war sichtlich verärgert.

„Was hast du?" fragte Jürgen sogleich. „Ich bin so richtig wütend wegen der blöden Gutachten und Stellungnahmen."

„Welche hast du denn gelesen?" „Vor allem die von dem beauftragten Gutachter mit diesem komischen Namen, du weißt doch, über den ich so gelacht habe."

Jürgen ließ mich erst einmal reden, denn ich war kaum aufzuhalten.

„Da hat er seitenweise Ergebnisse von Nachforschungen über alle möglichen Klinikaufenthalte von Tobias aufgelistet, sein dortiges Verhalten beschrieben, die Schlussfolgerungen dazu und kommt fast immer zu der Feststellung: Suizidgefahr! Immer wieder auch Diagnosen wie 'Psychisch-soziale Persönlichkeitsstörung`, 'Therapieresistenz', 'Antriebsarmut', 'verlangsamtes Denken', 'Gefühlsschwankungen', insgesamt alles Erscheinungen, die doch dazu gehören. Und wieso hat er auch noch nach seiner Kindheit geforscht? Wie kommt er überhaupt darauf, dass Tobias nach unserem Umzug nach Suhl damals keinen Freund hatte, ein Außenseiter war und überheblich? Tobias war doch früher nie überheblich, sondern eher schüchtern. Wen hat der Gutachter danach gefragt? Seine Lehrer sind heute nicht mehr an der Schule, teilweise sogar verstorben. Er hätte mal die Beurteilungen von Tobias lesen sollen..."

„Das ist mir auch so aufgefallen," pflichtet mir Jürgen bei, als ich endlich mal Luft hole. „Wozu wollte er das überhaupt alles wissen. Das hat doch wirklich nichts mit der schändlichen Behandlung eines 50-jährigen Mannes durch den Arzt im Klinikum Kirchheim zu tun."

„Und wer hat ihm erzählt, dass wir ein strenges Elternhaus waren? Da hätte er ja in Wismar nachfragen müssen und da konnte niemand mehr befragt werden," erwiderte ich.

„Ich glaube, die haben später Äußerungen von Tobias nach seinem Unfall herangezogen und dokumentiert, was er ihnen erzählt hat. Weißt du noch in Seesen, als er sich uns gegenüber auch so einen Unsinn von früher zusammengereimt hatte? Er hatte ja damals schon so ein gestörtes Erinnerungsvermögen, auch den Unfall völlig verdrängt," sagte Jürgen zusammenfassend.

„Ach ja, nach seiner Operation," ich erinnerte mich, „ das war auch so eine ganz schlimme Zeit zwischen Hoffen und Bangen." Nach ein paar Schweigeminuten, als jeder seinen Gedanken nachhing, meinte Jürgen:

„Wir sollten diesen Erinnerungen nicht mehr allzu viel Bedeutung beimessen. Wenn ich daran denke, wie uns Tobias oft regelrecht gehasst hatte, zum Schluss warst du die ganz böse Mutter, die ihm dreimal die Wohnung weggenommen hatte und davor war ich der Sündenbock, der immer Schuld an seinen Einweisungen war." „Das haben wir doch nie ernst genommen," ergänzte ich nun, „aber traurig hat es schon manchmal gemacht."

Und Frau Zolem tröstete mich damals: „Natürlich sind sie schuld. Er liebt sie doch. Wenn er sie nicht lieben würde, wäre es nicht so!"

„Das stimmt," sagte Jürgen, „Tobias ist in seiner Not immer wieder zu uns gekommen, das allein zeigt doch, wie er zu uns stand."

Ich werde den ganzen Kram wieder wegräumen. Es bleibt nach wie vor die große Enttäuschung. Wie naiv waren wir damals, als wir vergebens auf eine Rüge für den Arzt, im aller günstigsten Fall auf ein angemessenes Schmerzensgeld gehofft hatten.

Wenn man das Ganze nach so langer Zeit liest, findet man immer wieder Widersprüche in den Krankenakten, z. B. die fehlenden Notizen des Pflegepersonals, die ausschlaggebend gewesen wären für die Bewertung der Handlungsweise des Arztes u. a. mehr.

Allerdings hat die garstige Anwältin schon recht gehabt, als sie sagte, dass auch für den Umgang mit der Schlichtungsstelle ein Anwalt hätte eingesetzt werden müssen. Das Gutachten strotzt nur so von Ungereimtheiten. Das haben sogar wir als Laien erkannt. Da fehlen zum Beispiel, wenn schon fast das ganze Leben von Tobias aufgezeichnet wird, ganz und gar die Aufenthalte in den geschlossenen Heimen in Niederbayern. Wollte der Gutachter die Ärzte dort schonen, die es zuließen bzw. veranlassten, dass Tobias tagelang fixiert wurde? Wollte er vertuschen, dass die Insassen nur noch vollkommen gedämpft wie Tote herumlaufen oder dass Tobias von einem zum anderen Tag bei seiner Entlassung an die Luft gesetzt wurde – ohne Obdach bei eisiger Kälte und 500 km von seiner Heimat entfernt.

Weiter wird in dem Gutachten erwähnt, dass Dr. Seliger im Jahre 2008 über den gleichen Patienten urteilt: „ Auf Grund eines körperlich, seelisch oder psychisch evozierten Ambivalenzkonfliktes könne Herr M. die Notwendigkeit der Unterbringung nicht erkennen." Und er endet mit dem Satz: „Nach allgemeiner und spezieller Erfahrung ist mit einem finalen Ausgang, sei es durch Intoxikation, sei es durch Fenstersturz – binnen Jahresfrist zu rechnen."

Auf Basis dieser Beurteilung beschloss das Amtsgericht im gleichen Jahr eine zunächst einjährige Unterbringung, insbesondere weil Herr M. sich „auf dem Weg in einen protrahierten Suizid im weitesten Sinne befindet, (und) seine Fähigkeit zur Willensentscheidung teilweise krankheitsbedingt aufgehoben (sei)." (Zitat Dr. Seliger)

Dieselbe Institution und derselbe Arzt stellen nach drei Jahren fest, nach dem Martyrium in den niederbayrischen geschlossenen Heimen und Psychiatrien, nach einem in letzter Minute gestoppten Suizidversuch, nach ernsten Hinweisen und Mahnungen der Eltern, des Betreuers und der Leiterin des letzten betreuenden Heimes auf verstärkte Depressionen, dass Herr M. derzeit nicht gefährdet sei und auf eigenen Wunsch entlassen werden kann.

Auch unser Bemühen, Tobias in ein aus unserer Sicht besser geeignetes Heim wechseln zu lassen und das Versagen des Sozialamtes in dieser Angelegenheit werden mit keinem Wort in den Ausführungen des Gutachters erwähnt.

Bei der Aufarbeitung nach all den Jahren kann man sich schon empören über all die Ungerechtigkeiten, aber nun sind wir alt und unsere Kräfte sind verbraucht. Unser Wunsch ist es, all jene aufzumuntern, die ähnliche Probleme haben, wie wir sie damals hatten.

Wir sind der Meinung, dass an der Gesetzgebung sicher viel verbessert werden muss. Wenn es nicht schon irgendwo gesetzlich verankert ist, sollten Betreuer in regelmäßigen Abständen überprüft werden und Rechenschaft über ihre Arbeit ablegen, damit nicht, wie in unserem Fall, der Betreute ihm auf Gedeih und Verderb ausgeliefert ist.

Aus eigenem Erleben fänden wir es auch gut, wenn die Betreuer verpflichtet werden, eine Patientenverfügung mit den Betreuten zu erarbeiten. Denen bliebe, wie bei Tobias erlebt, viel Leid erspart.

Er hatte nach einer schweren Pankreatitis in der Intensivstation einen Herzstillstand erlitten und ist, wie wir wussten, gegen seinen Willen zurück ins Leben geholt worden. Sehr oft hatte er uns seine Gründe für das Trinken zu erklären versucht: „Ich trinke, damit ich schlafen kann, weil ich Schmerzen habe." Oft sagte er in diesem Zusammenhang: „Ich bin immer enttäuscht und traurig, wenn ich wieder aufwache."

Die Reanimation war damals deshalb so unsinnig, weil er nach diesem Krankenhausaufenthalt wieder zurück in seine alten Verhältnisse entlassen wurde.

Da wurde uns besonders bewusst, dass Angehörige von Betreuten, in unserem Fall die Eltern, kein Mitsprache- oder Mitentscheidungsrecht haben. Wir betreuten unseren Sohn in jenen Tagen einige Zeit im Krankenhaus, indem wir ihn regelmäßig besuchten und mit den behandelnden Ärzten sprachen. Es ging vor allem um die Änderung seines Lebensstils, zu dem gute Vorschläge gemacht und Verabredungen getroffen wurden. Entgegen allen Absprachen ist unser Sohn von seiner Betreuerin abgeholt und wieder in seine alte Umgebung gebracht worden. Wir waren sprachlos, als wir das bei unserem nächsten Besuch im Krankenhaus erfuhren.

Aber was sollten wir machen? Sicher wussten die Ärzte und das Pflegepersonal gar nichts davon, dass Tobias nicht von uns betreut wurde, denn seine Betreuerin hatte sich während des gesamten Krankenhausaufenthaltes nicht einmal sehen lassen. Rechtlich gesehen war natürlich alles in Ordnung?!

Immer wieder stießen wir in unserem Wunsch zu helfen auf Widerstand und wir zweifelten immer öfter daran, dass die Verantwortlichen (Ärzte, Betreuer, Richter, Sozialarbeiter in den Ämtern) wirklich in Übereinstimmung mit bestehenden Gesetzen handelten, obwohl wir oft von ihnen hörten: „Uns sind die Hände gebunden, wir können nichts für die Gesetze u.ä."

Ich kann mir nicht vorstellen, dass das so stimmte. Da haben sich viele (zu viele) die Gesetze so zurecht gelegt, wie sie es brauchten. Darum war auch die Verlegung von einem Heim in ein anderes, aus unserer Sicht viel besser geeignetes, nicht ermöglicht worden.

Im Jahre 2011 befasste sich endlich der Bundesgerichtshof (BGH) mit dieser unbefriedigenden Situation und kam zu dem Schluss, dass es in Deutschland für eine Zwangsbehandlung bisher keine einheitliche Rechtsgrundlage gibt. Ein entsprechender Beschluss (Quelle: Drucksache 17/10712 Deutscher Bundestag 19.09.2012) beschränkt jetzt die Zwangsbehandlung. Damit soll der Selbstherrlichkeit der Ärzte, Pfleger und Betreuer in der Psychiatrie, wie wir es in Bayern erlebt haben, ein Ende gesetzt werden. Das, was Tobias in vielen dieser Einrichtungen erdulden musste, wurde nun – für ihn zu spät – für ungesetzlich erklärt.

Dr. Fabienne Hübener, eine engagierte Medizinjournalistin aus München, erfragte die unterschiedlichen Positionen führender Ärzte in der Psychiatrie und fasste sie in einem „Brennpunkt"-Artikel, veröffentlicht in der Apotheken-Rundschau Nr. 11/2012, zusammen. Da fast jede dieser Positionen auch im kurzen Leben unseres Sohnes eine Rolle spielte, geben wir nachfolgend den Artikel im Wortlaut wieder.

Dr. Fabienne Hübener
Brennpunkt

Freiwillig oder gar nicht

Psychiatrie Ein Beschluss des Bundesgerichtshofs beschränkt die Zwangsbehandlung. Das birgt Gefahren, ist aber auch eine Chance für Ärzte und Patienten

Einen Menschen gegen seinen Willen zu behandeln verstößt gegen seine Grundrechte auf Selbstbestimmung und körperliche Unversehrtheit. Bisher konnten Patienten, die an einer akuten psychischen Auffälligkeit wie einer Manie oder Psychose litten, aber mit Medikamenten gegen ihren Willen behandelt werden, wenn der Arzt es für notwendig hielt. Der Bundesgerichtshof (BGH) hat diese Zwangsbehandlungen nun untersagt, sofern sie vom gesetzlichen Betreuer veranlasst wurden.

Der BGH-Beschluss stärkt die Patientenrechte. Er birgt jedoch eine Gefahr, befürchten Psychiater: Manche, denen man hätte helfen können, werden nun ihrem Schicksal überlassen. Der BGH regt deshalb an, ein Gesetz zu verabschieden, das den Rahmen absteckt, in dem eine Zwangsbehandlung doch möglich ist. Aber will die Gesellschaft das auch? Die Positionen sind geteilt.

Ärzte in der Psychiatrie haben in der Vergangenheit zu häufig selbstherrlich gehandelt", erklärt der Rechtsanwalt Tobias Saschenbrecker, Experte für Psychiatrierecht. Nur selten erführen Menschen in der Psychiatrie Respekt und Würde. „Es gibt keine Alternative zur Medikamentengabe", meint dagegen Professor Peter Falkai, Präsident der Deutschen Gesellschaft für Psychotherapie und

Nervenheilkunde. „Ein Psychose-Kranker in der akuten Situation hat ein Problem mit dem Gehirnbotenstoff Dopamin. Diese Menschen brauchen dann ein Medikament, genauso wie ein Patient mit zu hohem Blutzucker Insulin braucht. Durch Reden geht das Problem nicht weg."

Festhalten, fixieren, Spritze setzen?

„Die sogenannte Hilfe wird häufig als Folter erlebt", berichtete Mirko Olostiak Brahms von der Landesarbeitsgemeinschaft Psychiatrie-Erfahrener Baden-Württemberg in einer Anhörung im Stuttgarter Landtag im Februar 2012. Grausam kann es aber auch sein, Menschen ohne Behandlung zurück auf die Straße zu schicken. „Die Patienten sind in Gefahr, zu verwahrlosen, Straftaten zu begehen oder ihr Leben zu gefährden. Und sie belasten in erheblichem Maß ihre Angehörigen", erklärt Professor Tilman Steinert vom Zentrum für Psychiatrie Südwürttemberg. Der Wissenschaftler forscht seit Jahren über Zwang und Gewalt in der Psychiatrie. Dabei zeigte er auch, dass die Einrichtung einer speziellen Krisenklinikstation Zwangsmaßnahmen deutlich verringern konnte. „Mehr als bisher muss die Psychiatrie ihre Angebote so ausrichten, dass sie von den Patienten angenommen werden", betont auch Dr. Gabriele Schleuning, Chefärztin am Isar-Amper-Klinikum München-Ost und Leiterin des Münchner psychiatrischen Krisen- und Behandlungszentrums Atriumhaus. Dazu gehört es auch zu erkennen, wenn psychisch Kranke Hilfe brauchen, bevor eine Krise eskaliert.

Die Befürchtung, dass sich die Situation von in der Psychiatrie Betreuten nun verschlimmern könnte, teilt der Psychologe Matthias Seibt vom Bundesverband der Psychiatrie-Erfahrenen nicht: „Im Gegenteil, viele Psychiater behandeln aus Angst vor Strafverfolgung die Betroffenen erstmals wie Patienten mit Rechten."

Die neue Rechtslage wird dazu führen, dass sich Ärzte anders mit „schwierigen Patienten auseinandersetzen müssen. Die Probleme, schreibt der Sozialpsychiater Asmus Finzen, haben oft mit dem Fehlen einer vertrauensvollen Beziehung zu tun. Die neue Gesetzeslage ist eine Herausforderung, sich noch stärker auf die Gesprächsmedizin einzulassen.

Diesem Artikel fügte die Journalistin den Wortlaut eines Interviews mit Professor Giovanni Maio, Medizinethiker an der Universität Freiburg, hinzu. Dieser warnt davor, dass die neue Gesetzeslage nun aus Angst vor Strafverfolgung zu einer „Verkappten Gleichgültigkeit" des medizinischen Personals führt. Auch diesen Beitrag geben wir nachfolgend im Wortlaut wieder.

Interview mit Prof. Giovanni Maio

„Verkappte Gleichgültigkeit"

Laut BGH-Beschluss fehlt für eine Zwangsbehandlung die Rechtsgrundlage. Wie schätzen Sie das Urteil ein?

Es ist zu begrüßen, denn es macht deutlich, dass eine Zwangsbehandlung eine so einschneidende und für den Betroffenen traumatisierende Erfahrung ist, dass wir damit sehr vorsichtig umgehen müssen. Ich sehe aber die

Gefahr, dass unter dem Deckmantel der Autonomie psychisch Kranke der Verwahrlosung überlassen werden. Ärzte brauchen ein Gesetz, das genau festlegt, unter welchen besonderen Umständen eine Zwangsbehandlung doch möglich ist.

Besteht dann nicht die Gefahr des Missbrauchs von Zwang?

Die Psychiatrie stand immer in der Gefahr, für andere Interessen missbraucht zu werden. Doch heute sehe ich eher einen anderen gefährlichen Trend. Bedingt durch die großen Autonomie-Diskussionen, zieht sich die Psychiatrie immer mehr zurück und lässt die Menschen machen, was sie wollen. Das ist eine verkappte Form der Gleichgültigkeit. Dadurch nimmt das Engagement gerade für schwer kranke Patienten ab. Ein Arzt darf aber nicht untätig zuschauen, wie sich jemand aus der Gesellschaft hinauskatapultiert, den man davor bewahren könnte.

Wie lässt sich die Anwendung von Zwang in Grenzen halten?

Indem wir die Beziehungsmedizin, also das Gespräch, wieder stärker in den Mittelpunkt stellen. Ich kann einen Menschen nur verstehen, wenn ich ihm Zeit widme und ihn aus seiner Lebensgeschichte heraus kennenlerne. Das ist nicht nur eine ärztliche, sondern auch eine gesellschaftliche Aufgabe. Wir sind nach wie vor zu intolerant dem vermeintlich Abweichenden gegenüber. Psychisch Kranke dürfen nicht auf ihre

Erkrankung reduziert werden, sondern sie sind immer einzigartige und interessante Menschen, denen wir nur mit Wertschätzung begegnen können.

Nach dem Lesen dieses Interviews zog ich mich zu einer kleinen Mittagspause in mein Zimmer zurück. Zu unserer Teezeit holte mich Jürgen ab.

„Ich habe Tee gekocht", so wollte er mich in unsere gemütliche Küche einladen, hielt aber erschrocken inne: „Was hast du, warum bist du so traurig?"

Schluchzend konnte ich nur auf meinen Schreibtisch mit den Manuskriptunterlagen zeigen. Die letzten Worte des Medizinethikers waren es, die mein Inneres so aufgewühlt hatten.

„Psychisch Kranke dürfen nicht auf ihre Erkrankung reduziert werden, sondern sie sind immer einzigartige und interessante Menschen, denen wir nur mit Wertschätzung begegnen können,"

„So etwas ähnliches hast du auch in deiner Trauerrede geäußert," erinnerte ich nun Jürgen daran. Tröstend nahm er mich in die Arme und meinte:

„Mich machen diese Texte nicht nur traurig, sondern auch wütend."

Es kommen immer wieder diese schlimmen Erinnerungen zurück. Da gibt es keinen besonderen Grund. Auf einmal ist die Trauer wieder da. Nach so vielen Jahren. Das hört wohl nie auf.

Was auch wütend macht, wie Jürgen sich ausdrückt, sind die Unterlagen von der Schlichtungsstelle, die hier noch herumliegen, das von ihnen bestellte Gutachten, der Schlichterspruch und die etwas oberflächliche Antwort auf meinen Beschwerdebrief. Das musste man auch erst einmal verdauen.

Ich hatte mich damals, auf Grund des Spruchs von diesen „Schlichtern" empört und enttäuscht an sie gewandt und noch einmal alle Vergehen des Arztes aufgezählt, die von ihnen angeblich gründlich untersucht und bewertet worden waren, und seine falsche Entscheidung angeprangert.

Mit einer Antwort auf diese Beschuldigungen hatte ich gar nicht gerechnet. Aber meine Vermutung, dass ihre Schlichter sicher nur die Ärzte schützen wollten und ihnen mehr Glauben schenkten als uns, konnten sie dann doch nicht auf sich sitzen lassen.

So bekam ich folgendes zu lesen:

> Sehr geehrte Frau Manecke,
>
> mit Schreiben vom 27.12.2015 haben sie auf unser Schreiben vom 18.11.2015 geantwortet. In diesem Schreiben klingt ein von Verbitterung geprägter Tonfall an ...

„Welch ein Hohn!" musste ich empfinden.

> Wir haben in unserem Schreiben die Kommunikation zwischen Dr. S. und Ihnen als „nicht geglückt" gekennzeichnet. ...
>
> Nach der Auswertung der vorgelegten Unterlagen ist es nicht möglich, irgendjemanden die Schuld für den Suizid ihres Sohnes zu geben ...
>
> Er litt an einer schweren psychischen Erkrankung, die auch mit grundsätzlich erhöhtem Risiko der Selbstzerstörung einhergeht und er wusste dies. Er konnte somit seine Einwilligung zu Behandlungsmaßnahmen erteilen oder ablehnen ...

Konnte er das wirklich? Als Kranker mit einem schweren hirnorganischen Psychosyndrom? Aber na gut! Das hätten sie ja auch gleich sagen können. Wenn das alles so klar ist, wozu dann die vielen Untersuchungen, bei denen noch Gutachter beschäftigt wurden.

Ich würde gerne auch diesen Brief beantworten und den Schlichtern die Worte vorhalten, die Norbert Blüm, in einem Fernseh-Interview zu seiner Funktion als Schlichter befragt, äußerte: „Der Sinn einer Schlichtung besteht darin, dass keiner verliert!"

Genau so hatten wir uns das auch damals vorgestellt, als wir um Klärung unserer Probleme baten.

Wenn die verantwortlichen Ärzte die Gesetzeslage so auslegen, dass jeder – auch ein psychisch Kranker - das Recht hat, sich selbst zu zerstören, frage ich mich, wozu es dann die vielen psychiatrischen Einrichtungen überhaupt gibt.

Wir wollten als Eltern jedenfalls diesen schlimmen Tod verhindern. Wozu wohl hat unser Sohn diesen grausamen Weg gewählt? Sicher wollte er mit seiner Tat zeigen, wie schlimm er die Behandlung und den Umgang mit sich empfunden hat, so anklagend und entsetzlich wie möglich. Er sah keinen anderen Weg. Und wir wollten diesen Weg verhindern.

Können Sie sich, die sie die Antwort der Schlichtungsstelle mit freundlichen Grüßen unterzeichneten, überhaupt vorstellen, welche Gedanken mich jetzt – nach Jahren - täglich noch quälen, welche Empfindungen ich habe? Wie oft ich den Schrei meines Kindes beim tödlichen Sprung in die Tiefe höre, wie laut ich den Aufprall seines Körpers spüre?

Ich glaube diesen Brief hätten sie ganz bestimmt nicht beantwortet.

Behalten wir unseren Sohn als „einzigartig und interessant" in unserer Erinnerung.

Verändert wurden alle Orts- und Personennamen (ausgenommen bei Personen der Zeitgeschichte) sowie Berufstitel und Namen der medizinischen Einrichtungen. Die dargestellten Szenen und die zitierten Dokumente sind authentisch.